U0483059

当你老了

[爱尔兰] 叶芝 —— 著
罗池 —— 译

陕西新华出版传媒集团
三秦出版社

Portrait of W. B. Yeats, 1898

by William Rothenstein

目录

路口

2 印度人的情诗
4 落叶
5 在柳园那边
6 蜉蝣
8 被诱拐的小孩
12 去水中的一个小岛

玫瑰

14 致时间十字架上的玫瑰
16 人间的玫瑰
18 湖中的茵尼希弗利岛

19 摇篮曲
20 爱的怜悯
21 爱的伤悲
22 白鸟
23 两棵树
26 退休老人的哀歌
28 梦见死亡
29 当你老了

苇中的风

32 心绪
33 爱者讲述他心中的玫瑰
34 爱者伤悼爱的失去

35 走进曙光
36 他想叫他的爱人平静
37 他责备鹬鸟
38 安格斯的漫游歌
40 诗人致他的所爱
41 他给爱人送去几行诗
42 他回忆那忘却的美
44 致他的心,叫它不要害怕
45 他说到一座满是情侣的山谷
46 爱者请求原谅他心绪纷乱
48 他说到无瑕的臻美
49 他听见莎草的凄吟
50 他想到那些人对他的爱人恶语中伤
51 他但求他的爱人死去
52 神秘的玫瑰
55 诗人祈求元素之力
57 他但求天上的霓裳
58 他想起他当年身居群星的辉煌

七座森林

60 箭
61 受人安慰的愚蠢
62 旧忆
63 绝不能献出全部真心
64 乱蓬蓬的树林
65 哦,不要爱得太久
66 亚当的诅咒

绿盔

70　荷马歌唱过的女人
72　文字
74　世间再无特洛伊
75　和解
76　和平
77　酒歌
78　反对不相配的赞美
80　智慧随时间而来
81　面具
82　棕色铜板

责任

84　致一位风中起舞的女孩
85　两年后
86　青春的回忆
88　沦落的王权
89　让黑夜降临
90　朋友们
92　外衣

柯尔的野天鹅

94 柯尔的野天鹅
96 悼念罗伯特·格雷戈里少校
108 人随年纪长进
110 所罗门和示巴对唱
112 生机勃勃的美
113 黎明
114 致一位年轻美人
116 一首歌
118 致一位少女
119 残梦
122 记忆
123 重誓
124 女鬼
125 一个傻瓜的两首歌

麦克·罗巴蒂斯和舞者

130 所罗门和女巫
133 土星影下
134 1916年复活节
140 巴利里塔铭文
141 致一个政治犯
143 第二次降临
145 为女儿祈祷

塔楼

152 丽达与天鹅

154 在学童中间

162 欧文·阿赫恩和他的舞伴们

164 一个男人的青春和衰老（节选）
· 初恋
· 人类的尊严
· 美人鱼
· 兔子之死
· 空杯子
· 他的记忆
· 夏与春

旋梯

174 死亡

175 三个运动

176 或可谱曲的歌词（节选）
· 疯珍妮谈末日审判
· 她的焦虑
· 他的信心
· 摇篮曲
· 沉默许久之后

183 一个女人的青春和衰老（节选）
· 最初的告白
· 最后的告白

187 思考的结果

188 选择

新作

- 190 优美崇高的事物
- 191 一个疯姑娘
- 192 那些形象

遗作

- 196 布尔本山下
- 204 雕塑
- 207 青铜头像
- 209 幽灵

译记

"世界会因为我没有嫁给你而心怀感激"

Crossways

路 口

(1889)

印度人的情诗

小岛在晨曦中梦寐,
巨木滴答着静谧;
孔雀们在草坪上舞蹈,
一只鹦鹉在树梢上摇曳着,
正怒斥那如釉的海中他的倒影。

让我们在这里泊下孤舟
手牵手久久地漫步,
唇对着唇轻轻地诉说,
沿着草地,顺着沙滩,
诉说那不安的大陆如今已是多么遥远:

此地唯有我们两个凡人
远远躲在这安宁的大树下，
我们的爱养育了一颗印度星，
携着燃烧的心中的流光，
映着那粼粼的潮水，和粼粼中飞掠的羽翼，

以及黑沉的巨木，闪亮的白鸽，
它哭诉哀叹了整整一百天：
当我们死后，我们的影子会飘游，
当黄昏抚慰了轻盈的道路，
便踩着雾腾腾的脚掌走过海水的倦怠之火。

落 叶

秋天降临到那些关爱着我们的修长树叶,
也降临到大麦捆里躲藏的老鼠;
吹黄了我们上空的花楸树叶,
也吹黄了湿润的野草莓的叶子。

爱情凋零的时刻已经围困我们,
如今伤悲的内心已经疲乏;
分手吧,趁激情的季节尚未把我们遗忘,
让一个吻一滴泪落在你低垂的眉头。

在柳园那边

在柳园那边,我和我爱曾经遇见;
她走过柳园,踩着雪白的小脚。
她叫我对爱情放轻松,像树上生长的柳条;
但我太年轻太傻,无法同意她的话。

在河边的草地,我和我爱曾经并肩而立,
在我斜斜的肩膀,她搁过雪白的小手。
她叫我对生活放轻松,像河堰上生长的青草;
但我那时太年轻太傻,如今只有满眼泪水。

蜉 蝣

"你的眼睛从前看我不知疲倦,
如今却忧伤地埋头低垂眼帘,
因为爱情已经衰退。"
      而她回答:
"尽管爱情已衰退,但让我们
再次去到孤单的湖水之畔,
一同进入那温柔的时辰,
当激情,这疲惫的可怜儿,沉入了睡眠:
多么遥远的群星,多么遥远
我们的初吻,啊,多么苍老我的心!"

郁郁中,他们一路走过凋残的树林,
渐渐地,他握住了她的手,答道:
"激情总在消磨我们彷徨的心。"

树木围绕着他们,而枯黄的叶片
坠落像暗夜里昏黄的流星,有一次
一只兔子又老又瘸在小路蹒跚;
秋意把他覆盖:此刻他们
再次来到这孤单的湖水之畔:
转过头,他看到她已把默默积攒的
死叶插满胸前和发间,[1]
眼中泪光盈盈。

　　　　　　"哦,不要伤悲,"他说,
"虽然我们已疲惫,还有别的爱情等待我们;
用恨和爱度过无怨无悔的时光吧。
我们面前横亘着永世;我们的灵魂
便是爱,以及一场无尽的分离。"

---

[1] 姑娘以死叶反讽婚纱花环。

被诱拐的小孩[1]

在斯利希森林的嶙峋高岗[2]

向着湖水浸没之处,

坐落着一个郁郁葱葱的小岛

那里有扑翅的苍鹭会惊醒

昏昏欲睡的河鼠;

在那里,我们藏起仙桶,

装满了草莓

和偷来的最甜的樱桃。

快来吧,人类小孩!

到这湖泊和荒山

跟精灵一起,手牵着手,

因为人世有太多你无法理解的忧愁。

---

[1] 爱尔兰传说,仙子(Sidhe)会引诱凡人进入青春岛仙境,凡人会因此失去灵魂。
[2] 诗中所提地名均在叶芝家乡斯莱戈郡一带,小岛即茵尼希弗利岛。

在那月色的潮水用波光

把朦胧暗淡的沙滩映照的地方，

遥遥在罗斯岬的最远端

我们整夜地翩跹，

轮换着各种古老的舞步，

交汇着玉臂，交汇着眼色，

直到那月亮也西飞遁逃；

来来回回我们蹦跳

追逐轻灵的浪花，

而人世却苦恼不堪

在睡梦中焦虑辗转。

快来吧，人类小孩！

到这湖泊和荒山

跟精灵一起，手牵着手，

因为人世有太多你无法理解的忧愁。

在那蜿蜒的溪水喷涌

从格伦卡峡谷倾泻的地方,

蒲草丛中的深潭

难得沐浴一线星光,

我们寻到了熟睡的鳟鱼

然后在耳边呢喃

给它们带去不安宁的梦;

又轻轻地探身走过

年轻的小河上

那些垂泪的蕨草。

快来吧,人类小孩!

到这湖泊和荒山

跟精灵一起,手牵着手,

因为人世有太多你无法理解的忧愁。

跟我们一起他将离去,
神情肃穆的孩子:
他将不再听见牛犊
在温暖的山坡上哞哞,
或炉架上的水锅
在胸中安然地吟唱,
也不再看见褐色的耗子
一圈一圈绕着储粮柜蹦跳。
因为他来了,那个人类小孩,
到这湖泊和荒山
跟精灵一起,手牵着手,
离开那人世因为有太多他无法理解的忧愁。

去水中的一个小岛

羞羞的，羞羞的，
羞羞的我的心上人，
羞羞地在炉火前忙碌，
忧心地躲在一旁。

她端来一只只碗碟，
把它们叠成一摞。
多想去水中的一个小岛
我愿带她一起走。
又取来一根根蜡烛，
把遮帘的房间点亮，
羞羞地站在门道，
又羞羞地在阴暗里；

羞羞地像一只兔子，
贤惠又害羞。
多想去水中的一个小岛
我愿带她一起飞。

The Rose

玫 瑰

(1893)

致时间十字架上的玫瑰

红红的玫瑰,骄傲的玫瑰,伴我一生的忧伤的玫瑰!
快到我的身旁,当我唱起古老的歌谣:
库胡林[1]与凶险的巨浪奋身搏斗;
山林养育的德鲁伊,须发花白,目光坚定,
在福格斯周身投下了梦想,和无法形容的灾殃;
还有你自己的忧伤,关于群星,渐渐衰老
在银履翩翩的海上舞蹈之中,
用它们高亢又孤独的曲调歌唱。
快来吧,不要再被人的命运蒙蔽,
我发现,在爱与恨的那些枝桠底下,
在所有朝生暮死的可怜的蠢东西之中,
永恒的美按着她的方式一路漫游。

---

[1] 库胡林和福格斯都是爱尔兰传说中的英雄。德鲁伊则是指古凯尔特人的祭司。

快来吧,快来吧,快来吧——哦,还要给我
留一点空间,让玫瑰的芬芳把它填满!
以免我再也听不到那些平凡事物的恳求;
在小穴里深深躲藏的柔弱蠕虫,
从我身边跑进草丛的田鼠,
还有人世间那些奋争又失落的沉重的希望;
却独自寻觅,去听上帝对远久逝者的
聪颖的心诉说的那些奇特的事物,
并学会吟咏一种不为人所知的语言。
快来吧;我多想,在我是时候离去之前,
唱起古老的爱尔兰和古老的歌谣:
红红的玫瑰,骄傲的玫瑰,伴我一生的忧伤的玫瑰!

人间的玫瑰

谁曾想见美丽竟如梦幻消殒?
这些朱唇,饱含着它们悲怆的骄傲,
悲怆于再没有新的奇迹会降临,
特洛伊消殒在一场熊熊葬火之中,
厄希纳的儿子们都已丧命。[1]

我们以及这劳碌的人间也在消殒:
在人类灵魂之间,晃荡着,交替着
像冬季缓缓前行的苍白江水,
在那如泡影一般消殒的星空下,
长存着这一副孤寂的面孔。

---

[1] 爱尔兰传说,美人狄德丽(Deirdre)爱上了厄希纳(Usnach)的儿子内夏(Naoise)并与之私奔,内夏及其兄弟被国王追杀而死,狄德丽被掳走。

鞠躬吧,天使,在你们昏暗的住所:
早于你们存在,或有任何心跳之前,
疲惫又仁慈的那一位已在神座旁流连;
他把人间变为一条绿草茵茵的小路
在她那漫游的脚下铺展。

湖中的茵尼希弗利岛

我就要动身离去,前往茵尼希弗利岛,
在那里建一座小茅屋,用泥巴和板条营造:
我要栽种九行豆畦,再养一箱蜜蜂,
然后就在这嗡嗡嘤嘤的林地独自逍遥。[1]

在那里,我将得到安宁,因为它会慢慢滴下来,
从清晨的纱笼滴落在蟋蟀歌唱的地方;
那里的午夜会有星光璀璨,正午紫气蒸腾,
傍晚的天空则穿梭着朱顶雀的翅膀。

我就要动身离去,因为每日每夜
我都听见那湖水轻轻拍打着岸沿;
每当我站在马路,或灰色的人行道,
我听见它荡漾在我内心深处。

---

[1] 叶芝年少时,他的父亲给他读过梭罗的《瓦尔登湖》,使他产生了隐居的想法。

摇篮曲

天使们正俯瞰
在你的床顶上边;
他们厌倦了陪伴
哭哭啼啼的死人。

看你这样美好
上帝在天上欢笑;
那导航的七星[1]
也随着他快乐起来。

我叹息着把你亲吻,
因为我必须承认
我终将失去你
当你长大成人。

---

[1] 金牛座昴宿星团的七颗明星,在古希腊传说中由普勒阿得斯(Pleiades)七姊妹集体自杀后变成。昴宿七星最亮的时候正是地中海适合航行的季节。

爱的怜悯[1]

  一种无法形容的怜悯
  隐藏在爱的内心：
  那些买卖货物的乡亲，
  天空中奔忙的流云，
  湿冷的风呼啸不停，
  以及那幽暗的榛子树林
  那里淌着鼠灰色的河水，
  都在威胁我爱人的生命。

---

[1] 英国谚语，怜悯近乎爱；怜悯产生爱。

爱的伤悲[1]

屋檐下一只麻雀的叽喳,
光辉的明月和所有星空,
以及所有那些树叶的精彩合唱,
抹煞了人的形象和他的呼喊。

一位少女来了,她红唇含悲
仿佛那博大的世界在垂泪,
多舛如奥德修斯和艰苦的航船,
又骄傲像普里阿摩斯与战友赴难;[2]

她来了,在立时喧腾的屋檐上,
一轮月亮升向空旷的天空,
以及所有那些树叶的哀歌,
只能构成人的形象和他的呼喊。

---

[1] 古希腊诗人帕特纽斯(Parthenius of Nicaea)的故事诗集《爱的伤悲》(Erotica Pathemata),其中对童贞女达芙涅(Daphne)为躲避阿波罗的追求而化作月桂树的故事有很多演绎。
[2] 特洛伊沦陷后,国王普里阿摩斯被杀死于祭坛,几十个王子几乎都遭遇死难。

白 鸟 [1]

亲爱的，我但愿我们是海涛上的白鸟！
我们厌倦了流星的焰光，在它暗淡飞逝之前；
而那晨昏之星的蓝火已低低地悬垂天际，
在我们心中，亲爱的，它唤起一种不灭的忧伤。

那些做梦者，含露的百合和玫瑰，已生出一种疲惫；
哦，亲爱的，不要再梦想它们，那流星消隐的焰光，
或那低垂在露珠里久久不散的晨星的蓝火：
因为我但愿我们变成浪花上翻飞的白鸟：我和你！

我牵萦着无数的岛屿，和漫漫的达南海滨 [2]，
在那里时间必定会把我们遗忘，
忧愁也不再来临；
很快我们将远离玫瑰和百合以及烈焰的折磨，
只要我们成为白鸟，亲爱的，浮沉于海涛！

---

1 1891年8月3日，叶芝第一次向茉德求婚被拒。次日，两人到都柏林近郊的霍斯海滨游玩。茉德看着远处飞过的一对海鸥说，在所有鸟类中，她最想成为一只海鸥。三天后，叶芝写下这首诗送给茉德。
2 爱尔兰传说中的永生仙境，为达努神族（Tuatha Dé Danann）所居。

两棵树 [1]

亲爱的,要注视你自己的心,
因为圣木正在那里生长;
从欣喜中圣枝依次萌芽,
并挂满颤颤巍巍的花朵。
它的果实上那些变幻的色彩
赋予了群星快乐的光芒;
它深藏的根脉有一种确定
给夜晚植下了安宁;
它那茂密梢头的摇曳
让波浪富有了旋律,
并使得我的嘴唇与音乐契合,
为你吟唱一首魔法之曲。
在那里爱情围成一圈,
我们时代的熊熊的圆环,
旋啊,转啊,来来回回
在那些宽阔、无知、茂密的路途;

---

[1] 在叶芝的诗歌里,这是茉德最喜欢的作品之一。

一想起那风中飘曳的长发
和那轻捷的飞翼仙履,
你的眼中便渐渐充满柔情:
亲爱的,要注视你自己的心。

不要注视那面痛苦的镜,
魔鬼们施展狡猾的诡计
趁经过时把它竖在我们面前,
最多只看一眼就够了;
因为那里生长的毁灭的影像
都是在风暴之夜留下的,
树根裸露,半埋在雪堆、
折断的枝条和发黑的枯叶。
因为一切都变成荒废
在群魔举起的晦暗的镜里,

这映照外在疲乏的镜子
是上帝年老嗜睡时所造。
那里，残枝败叶之间，穿梭着
一大群思绪不宁的乌鸦；
飞啊，叫啊，来来回回，
利爪凶残，喉咙饥渴，
抑或有几只停下来藐视风暴，
摇动着它们破烂的翅膀；唉！
你温柔的眼睛会渐渐冷酷无情：
不要注视那面痛苦的镜。

退休老人的哀歌

尽管我现在遮风避雨
在歪脖子树下面,
但我的座椅也曾靠炉火最近,
多少次跟伙伴们
高谈爱情或政治,
直到时间改变了我的容颜。

虽然小伙们又在制造刀枪
以图谋不轨,
还有狂暴之徒把满腔怒火
向人类暴君宣泄;
而我思索的却是时间
是它改变了我的容颜。

没有哪个女人会转脸
看一棵歪脖子树,
但我曾经爱过的那些美
却永存我心;
我真想朝时间的脸啐上一口
因为它改变了我的容颜。

梦见死亡

我梦见有个人死在他乡，
身边无亲无故；
他们钉了几块木板遮住她的脸庞，
当地的农夫
诧异地把她埋在那孤寂的地下，
在她坟头竖起
一个用两根木棍扎成的十字架，
并种下一圈柏树；
从此就把她交给了天上冷漠的群星
直到我刻下此句：
她曾经美过初恋，
如今葬于几块木板。

当你老了

当你年老头白,又昏昏欲眠,
炉边打盹的时候,请取下这书卷
慢慢来读,并回想你的双眼
也曾目光温柔,却已窝影深陷;

多少人爱过你片刻的亮丽芳华,
爱过你的美貌,不论假意或真情,
但只有一个人爱你那追寻的心,
更爱那愁苦刻在你憔悴的脸颊;

然后你会俯身靠近通红的炉挡,
有点难过地抱怨,爱情已溜走,
它徘徊到了远远的高山之上,
在熙攘的星群里把面目隐藏。

The Wind Among the Reeds

苇中的风

(1899)

心 绪

时间一滴滴衰朽,
如蜡烛燃尽,
但高山和密林
多兴旺啊,多兴旺;
而在这场溃败中
那些生于火焰的心绪
何者已凋零?

爱者讲述他心中的玫瑰

那丑陋残破的一切，疲损陈旧的一切，
马路边一个小孩的啼哭，运木车的辗轧，
耕夫的沉重脚步，拨动寒冷的沃土，
都在歪曲你的形象，在我心深处盛开的一朵玫瑰。

那一切丑陋之物的歪曲是诉说不尽的歪曲；
我渴望把它们修建一新，然后远远坐在碧绿的山坡，
看着大地和天空和流水已重塑，像一只金匣
在我梦中盛满你的倩影，在我心深处盛开的一朵玫瑰。

爱者伤悼爱的失去[1]

淡眉,静手,暗暗的发,
我曾有一位美丽的朋友
并梦想那往日的绝望
最终会在恋爱里终结:
某天,她往我的心里看了一眼
发现你的影像还在里面;
她就痛哭着离我而去。

---

1 叶芝对茉德·冈尼始终难以忘怀,导致奥莉维亚·莎士比亚的离去。

走进曙光

疲惫的心,在这疲惫的时代,
快快扫除那些是非的罗网;
笑吧,心儿,又迎来灰蒙曙光;
叹吧,心儿,又迎来清晨的露珠。

你的爱尔兰母亲永远年轻,
永远露珠晶莹,曙光灰蒙;
哪怕你希望破灭、爱情衰朽,
在诽谤中伤的烈火中焚毁。

来吧,心儿,到那山岭堆叠之处:
因为那里有一种神秘的情谊
让太阳、月亮以及山谷和森林
还有河流和小溪完成它们的志愿;
而上帝站在一旁吹响他寂寞的号角,
时间和世间永在飞逝之中;
灰蒙曙光比爱情温柔,
清晨露珠比希望更可爱。

他想叫他的爱人平静

我听见虚幻的马群,它们长鬃飘摇,[1]
它们蹄声沉闷又嘈杂,它们眼中闪露亮光;
北方在它们上空铺展紧贴的、蔓延的黑夜,
东方揭开她隐藏的喜悦,在破晓之前,
西方泣下暗淡的露珠,然后叹息着消退,
南方正倾洒着胭红如火的玫瑰:[2]
哦,沉睡、企盼、梦想和无尽欲求皆成空,
那灾祸的马群陷没于厚重的凡尘:
亲爱的,把你的眼睛半闭,让你的心跳动
在我的心上,你的长发滑落我的胸膛,
就让爱情的寂寞时分淹溺于静谧的深深暮光,
并隐藏起它们飞散的鬃毛和嘈杂的足音。

---

1 爱尔兰传说中,成群的仙马在天空、海浪和永生之境中驰骋。
2 北方表示黑夜和睡眠,东方表示日出和希望,南方表示正午和激情欲望,西方表示日落、消退以及幻梦。

他责备鹬鸟

鹬鸟啊,别在空中叫唤不停,
要么就去西天大海[1]里叫吧;
因为你的叫声会让我的心想起
那被激情迷蒙的眼睛和浓密的长发,
它曾铺散摇荡在我的胸膛:
而凄吟的风声里已有太多的恶意。

---

1 西方表示衰退和幻梦,大海象征漂泊无定的人世之苦。

安格斯的漫游歌[1]

我曾去到那榛树林[2],
因为心中有团火,
砍下树枝削了一根榛木杖,
系上长线钩住一颗浆果;
当白蛾子漫天飞舞,
蛾子般的群星闪烁的时候,
我把浆果投进河里,
钓上一条银色的小鳟鱼。

当我把它放在地板上
转身要去吹旺炉火,
突然地板上沙沙响动,
有人在唤我的名字:
它变成一个亮闪闪的姑娘,
长发间还插着苹果花[1],

---

[1] 安格斯(Aengus)是爱尔兰传说中的(男)爱神,他爱上了梦中的美人,走遍世界寻找她。
[2] 榛树是爱尔兰传说中的圣木。

她叫了我的名字便跑开
然后消失于一片辉光。

尽管我寻遍高山和低谷
在漫游中日渐衰老,
但我定会找到她的踪迹,
亲吻她的嘴唇,握住她的手;
然后走过斑驳的长草丛,
一路采摘直到时间终结,
月亮的银苹果,
太阳的金苹果。

---

1 叶芝初见茉德时,震撼于她的美貌,肌肤晶莹焕发,如阳光透射的苹果花。

诗人致他的所爱

我以虔敬的双手向你呈献
记载我无数梦想的诗集,
当白衣的你被激情淘尽
如潮水淘洗的鸽灰色沙滩,
以我比月钩更古老的心
当它为时间的暗火所盈满:
白衣的你怀着无数梦想,
让我献给你我激情的诗篇。

他给爱人送去几行诗

你用一只金簪别住长发,
并束紧每一缕散乱的卷绺;
我叫我的心拼凑这些拙劣的诗:
它潜心笃志,日复一日,
用古老时代的战争
造出一种哀愁的美。

你只需抬抬白如珍珠的小手,
束紧你的长发,然后叹息一声,
所有的男人都会心脏燃烧狂跳;
烛光般的浪花冲刷迷蒙的沙滩,
群星攀上滴露如雨的夜空,
一切只为了照亮你途经的双脚。

他回忆那忘却的美

当我用双臂将你环抱,我是把
我的心紧贴着美好,
尽管它久已被世间淡忘;
当大军败亡,君主们抛弃了
宝冠在幽暗的水塘;
那些金丝银线的爱情故事
多梦的名媛曾刺绣不辍
如今只把凶恶的蠹虫养肥;
那些玫瑰在昔日曾被
贵妇人编结在发髻,
佩戴着凝露的百合
走过一道道圣洁的长廊,
那里升腾着焚香的灰云
只有上帝才能不闭上眼睛:
因为那白净的酥胸和流连的手
来自一个更耽于梦想的国度,

一个更耽于梦想的时间；
而当你在亲吻和亲吻之间叹息
我听见那白衣的美神也在叹息，
因为每当这时一切必如露珠消隐，
唯有火中之火，渊中之渊，
王上之王在那里半睡半醒，
他们把佩剑搁在铁膝，
深思着她那孤高清寂的神秘。

致他的心，叫它不要害怕

你静一静啊，静一静，战栗的心；
要记住故老相传的名言：
谁要是战栗着面对烈火和洪涛，
以及在星路之间呼啸的狂风，
那就让星空的狂风烈火和洪涛
将他淹没埋葬，因为他不属于
那孤独又壮丽的行列。

他说到一座满是情侣的山谷

我梦见自己站在一座山谷,在一片叹息之中,
因为幸福的情侣们一对对从我身旁经过;
然后我又梦见我那逝去的爱偷偷从林中走出,
她那云一样白的眼睑还垂掩着梦一般深的眼眸:
我在梦中大叫:女人啊,快让小伙子们安歇,
把头枕在你们的膝上,并用长发淹溺了他们的双眼,
不然他们就会想着她,再也看不见其余的美貌,
直到世上所有的山谷都凋零枯萎。

爱者请求原谅他心绪纷乱

若这颗胡搅蛮缠的心烦扰了你的安宁,
净说些比空气还轻飘的话,
或只提出忽隐忽现、明灭不定的希望;
请揉碎你发间的玫瑰;
并用芬芳的暮光遮掩你的双唇,然后说,
"心啊,像风中的烈火一样纷乱!
风[1]啊,你比昼夜变换还古老,
你的呢喃和渴望来自
那鸽灰色的仙境里古老的
军鼓喧天的云石之城;
来自女王们用莹莹的双手织就的
那一层层皱褶的紫色战旗;
你曾见过年轻的尼芙[2]为爱而憔悴,
在迷离的浪涛上空兀自盘旋;

---

[1] 风象征那些朦胧的欲望和希冀,以及圣灵。
[2] 尼芙,爱尔兰传说中青春岛仙境的女王之一,她曾骑飞马跨海邀请人类英雄奥辛前往青春岛共享永生。三百年后,奥辛思念凡尘,返回人间而死。

你曾徘徊在一个凄清的隐蔽处
那最后的凤凰葬身之所,
用火焰裹紧他神圣的头颅;
但仍旧呢喃和渴望:
可怜的心啊,变幻着直到变幻也死亡
在一支纷乱的歌中";
并遮掩你胸脯的洁白花朵
以你乌黑浓密的长发,
然后为渴望安歇的万物一声长叹
扰乱那芬芳的暮光。

他说到无瑕的臻美

哦,云白的睑,梦影的眸,
诗人们劳碌一生
只为把无瑕的臻美以格律营建
却倾覆于一个女子的一眼
以及天上那不事劳作的一群:
所以,正当露珠滴下睡意,
直到上帝燃尽了时间,
我的心儿甘愿膜拜在你
和那不事劳作的群星面前。

他听见莎草的凄吟

我独自徘徊

在荒凉的湖水之滨

听见风声在莎草中凄吟:

终有一日天轴折断

星空不再运转,

东方和西方的旗帜[1]

都被抛入深渊,

黄道带也崩开,

你的胸膛再也无法

贴着你的爱人同眠。

---

[1] 叶芝所属的"金色黎明秘教会"的仪式上用来表示日与夜或光明与黑暗的标识。

他想到那些人对他的爱人恶语中伤[1]

半闭上你的眼睛,解开你的长发,
想想那些大人物以及他们的骄傲;
那些人说你的坏话并到处传播,
但这首小诗足以跟大人物的骄傲抗衡;
我只吹一口空气就把它写成,[2]
他们的子子孙孙会说他们撒了谎。

---

[1] 这首诗是叶芝对当时坊间盛传茉德·冈尼是法国人情妇的回应。但八个月后,1898年12月,茉德亲口向叶芝承认所谓谣言属实。
[2] 在叶芝的童话中,精灵没有灵魂,身体里只有一口空气;他还常说,人生一世不过是一口空气。

他但求他的爱人死去

假如你身躯冰冷已经死去,
星光黯淡,从西天消褪,
你就会来到这里,低下头,
我也会把我的头枕在你的胸口;
你会轻轻说出温柔的话语,
并原谅我,因为你已经死去:
不然你就会起身匆匆走开,
即便你有着飞鸟的志向,
但要知道你的长发已纠缠
捆绑在星辰、月亮和太阳:
哦,亲爱的,但愿你能躺卧
在酢浆草覆盖的大地,
当星光黯淡,一颗接一颗。

神秘的玫瑰

遥远、隐秘、神圣的玫瑰,
请抱紧我,在我最激越的时刻;你看
那些人曾寻求你于圣墓
或酒桶之中,如今安然远离了挫败的
幻梦的惊骚和喧嚣;而你深深地
闭上白皙的眼睑,沉沉地熟睡,
被人称为美。你在巨大的花瓣里紧裹着
古老的长须,像加冕的东方三博士
满盔宝石和黄金;还有一位国王曾亲眼[1]
目睹那被钉的双手和接骨木的十字架升腾
于德鲁伊的迷雾直把火炬都遮暗;
最终他从徒然的狂怒醒来然后死去;还有他
曾遇见芳德踏着燃烧的露珠行走在
那永远不被风吹的灰色海滨,
却为着一吻失去了世界和艾玛[2];

---

[1] 爱尔兰传说,北方的王者康胡尔(Conchobar mac Nessa)听闻耶稣死讯,因愤怒导致旧伤发作而死。
[2] 库胡林背着妻子艾玛与仙女芳德相好,艾玛大发妒火,率娘子军攻击他们。

还有他,曾把众神逐出他们的安乐窝,[1]
直到百日之晨花开正艳
他大宴宾客,并痛哭于他的烈士们的坟冢;
那位骄傲的梦想之王抛弃了皇冠[2]
以及忧愁,然后召集诗人和小丑
去深深的密林与浑身酒渍的浪游者同住;
还有他,卖掉了田产、房屋和所有家当,[3]
在一个个大陆和海岛寻觅了无数年,
终于,笑与泪满面纵横,他找到了
一位女子,她美得如此光彩明艳,[4]
让人可以在半夜里簸谷,凭她一缕卷发,
一小缕偷来的卷发。同样,我也等待着
你将那爱与恨的巨风席卷的时刻。
何时才能把群星吹散到天边,

---

[1] 指柯尔特(Caoilte mac Rónáin),天人圣战后幸存的两位英雄之一。
[2] 北爱尔兰王福格斯把王位让给康胡尔,去山林隐居。
[3] 爱神安格斯为了寻找梦中的姑娘,抛弃了一切,走遍世界去寻找她。
[4] 叶芝心中的茉德·冈尼有着绽放光华般的美丽。

像火星从打铁铺飘走,然后熄灭?
难道你的时刻已到来,你的巨风已卷起,
遥远、隐秘、神圣的玫瑰?

诗人祈求元素之力

其名其状不为生灵所知的诸般元力
已摘取了那永恒的玫瑰[1];
纵使北极七星在飞舞中鞠躬又哭泣,
天龙之座仍旧沉睡,[2]
从隐隐烁烁的幽冥里松脱他沉重的盘曲:
何时他才从沉睡中觉醒?

巨浪、疾风和烈火的恢宏元力啊,[3]
请用你们谐和的圣歌
回绕我心爱的她并为她哼唱安息,
这样我的挂虑才能停歇;
请展开你们熊熊的翅翼,严实地遮盖
那日与夜交织的罗网。

---

1 天上象征理想之美的永恒玫瑰被投入凡尘就变成"人间的玫瑰"。
2 在北方星空上,天龙座围绕着小熊座。天龙(Draco Ladon)是神话中生命树、金苹果树的守护者。诗中的天龙座如玫瑰枝蔓,小北斗七星如玫瑰花。
3 诗中明确提到水、气、火三种元素。

头脑昏沉的晦暗元力[1]啊,让她不要再局促
像清淡的一杯海水,
当四风已聚拢而太阳月亮暗暗燃烧
在它多云的杯沿;
就让音乐织就的恬静一路流淌
无论她的脚步走向哪里。

---

1 第四种元素可能与土有关。

他但求天上的霓裳

要是我有那天上的锦绣霓裳,

织满金黄和银白的光芒,

那蔚蓝和薄暮以及幽冥的霓裳

刺绣着夜晚和白昼以及半暗半明,

我会把这霓裳铺在你的脚下:

但是我很穷,手里只有梦;

我已把我的梦铺在你的脚下;

轻些踩啊,因为你踩着的是我的梦。

他想起他当年身居群星的辉煌

我曾在那青春的国度里畅饮麦酒
但如今却痛哭,因为我知晓了一切实情:
我曾经是一株榛子树,高悬的
导航之星和曲犁之座
从未知的亘古便挂在我的枝头:
后来我变成一棵蒲草任群马践踏:
我成了一个人,一个恨风者,
但却知道,一个人若脱离万物,孤孤单单,
失去了深爱的女人,他的头便不能枕上那酥胸,
他的唇也不能吻上那秀发,一直到他死去。
哦,蛮荒的走兽,高天的飞鸟,
为何我必须忍受你们恋爱的啼叫?

In the Seven Woods

七座森林

(1904)

箭

只要我一想起你的美,这支箭,
狂想制成的箭,就射进骨髓里边。
没有哪个男人敢打量她,没有人,
想当年,她初长成一个女人,
高挑又端庄,但脸蛋和胸脯
娇嫩的肤色像淡雅的苹果花。
如今这种美更亲切,但禁不住
我却哀叹那从前的美已过了季节。

受人安慰的愚蠢

一位非常好心的朋友昨天说:
"你的至爱已长出了白发,
她的眼角出现了点点暗影;
时间总会让人更容易变聪明
或早或晚便会明白,所以
你需要的只是耐心。"
　　　　　　　　我的心喊道,"不,
这种话没有一丝安慰,没有一毫。
时间总会让她的美再次重生:
因为她的风姿绰约和高洁,
当她行动时,她周身激荡的火焰
会燃烧得更加明艳。哦,她不会那样,
因为整个蓬勃的夏天都在她注视之中。"

心啊!心!若是她肯回一下头,
你就明白受人安慰多么愚蠢。

旧 忆

思绪啊,向她高飞,当白昼终结
唤醒了旧日的一段回忆,去告诉她,
"你的力量如此崇高、猛烈又仁慈,
足以唤起一个新的时代,叫人又想起
很久以前人们想象的那些女王,
这只是你的一半:他在面团里揉进了
青春的漫漫岁月,但谁曾想到
那一切,不仅仅那一切,会转眼成空,
亲密的话语变得毫无意义?"够了,
要是我们能指责风才能指责爱情;
或者,如果还要说,也无须再提
这对迷失的孩子来说已是苛责。

绝不能献出全部真心

绝不能献出全部真心,因为爱情
似乎根本就不值得仔细思考,
对于激情中的女人只需要似乎
有那么回事,她们绝不会梦见
爱情的消褪,随着一次又一次亲吻;
因为一切可爱的东西都
短暂而又梦幻,只为着某种愉悦。
哦,绝不能彻底地献出真心,
因为她们,因为所有柔滑的唇都会说,
已经把她们的心都献给了游戏。
看看谁还能玩得足够精彩
要是爱得像个聋子、哑巴和瞎子?
本诗作者最懂得所有的代价,
因为他献出过全部的真心,然后都白费了。

乱蓬蓬的树林

哦,快快去那树林之中的湖水边,
舞步轻盈的雄鹿和他的夫人眼里看着
他们的倒影,便发出了一声叹息——
但愿没有人曾经爱过,除了你和我!

或者你可曾听见那位足踏银履滑过的
皎洁白皙、银辉烁烁的天上女神,
当太阳从他的金光斗篷向外探望时的歌吟?——
哦,没有人曾经爱过,除了你和我!

哦,快快去那乱蓬蓬的树林,因为
我将把那里所有的恋人都赶走,然后大喊——
哦,我的一份世界,哦,金黄的长发!
没有哪个人曾经爱过,除了你和我。

哦,不要爱得太久

亲爱的,不要爱得太久:
我就是爱得太久太久,
后来渐渐脱离潮流
像一首老歌。

哪怕我们年轻时
谁也分不清
自己和别人的想法,
个个都亲如一体。

但是啊,一分钟她就变卦了——
哦,不要爱得太久
否则你也渐渐脱离潮流
像一首老歌。

亚当的诅咒[1]

那年的夏末，我们坐在一起，
有位美丽的淑女，你的闺蜜[2]，
还有你和我，我们谈到了写诗。
我说，"一行诗也许要花几个小时，
但若是表现不出瞬间的灵感，
再修修补补也是徒然。
那还不如跪下你的膝盖骨
去擦厨房地板，或像个老贫户
给人打石头，不论刮风下雨；
因为要把优美的语言化为诗句
是比这一切更艰苦的劳作，就这样
还要被人视为闲汉，让一大帮
银行家、校长和牧师们来聒噪，
这就是殉道者所说的世俗。"

---

1 亚当因为听了妻子的话偷吃禁果而被上帝诅咒，必须终身劳苦才能从地里获得食物，必须汗流满面才得以糊口。
2 茉德的妹妹凯瑟琳。

              于是

那位美丽的淑女,为了她
有多少人会暗自神伤
听见她那温柔低沉的声音
答道,"生为女人就要懂得——
尽管在学校里从不说起这些——
我们必须辛劳才能成为美人。"

我说,"确实啊,任何好东西
自从亚当堕落之后都需要付出辛劳。
从前有些恋人以为爱情应该
复合了许多高贵的殷勤礼仪
所以他们会用博学的样子叹息
并引用那些精美古籍中的先例;
但现在看来真是一桩闲人玩意。"

说到了爱情,我们便渐渐沉默;
我们眼看着白昼的余烬终于熄灭,
然后在颤巍巍的青碧的天空
一弯残损的弯月,就像贝壳
让群星间涨落的时间潮水
冲刷磨损,过了日日年年。

我有一个想法只能说在你的耳边:
你如此美丽,而我也奋力
用那古老高贵的方式来爱你;
我们曾经那么幸福,但如今
精疲力尽,就像那轮空空的弯月。

The Green Helmet and Other Poems, verse and plays

绿 盔

(1910)

荷马歌唱过的女人[1]

若是哪个男人走近她
在我年轻的时候
我会想到,"他对她钟情。"
然后就又恨又怕地发抖。
但是啊,最难过的是
他竟然走过她身旁,
眼睛却无动于衷。

对此我又写又编,
到如今已头发斑白,
我梦想自己已经把思想
提上了某个高度
可以让后世说,
 "他用一面镜子反映了
她的身姿是什么模样。"

---

[1] 叶芝把茉德·冈尼比作《荷马史诗》中的海伦。

因为她曾有沸腾的热血,
在我年轻的时候,
她的步伐那样的优美而骄傲
如同踏着云朵,
一个被荷马歌唱的女人,
让人生和文学都显得
不过是英雄的梦一场。

文字

我曾经有过这样的念头:
"我的爱人不能理解
我做过或要做的事,
在这块茫然又严酷的土地。"

然后我渐渐厌烦了太阳
直到我的头脑恢复条理,
回想我做过最好的事
就是向你坦白;

曾经每一年我都呼喊:"到最后
我的爱人会完全理解,
因为我已经用尽全力,
让文字都遵从我的召唤";

若她当真如此,谁还能说
筛子里会筛掉些什么东西?
也许,我早该抛弃可怜的文字
然后活得心满意足。

世间再无特洛伊

为什么我该责备她让我的日子
痛苦不堪,或说她近来
向无知的人传授最暴力的方式,
或鼓动小民去干一票大的,
只要他们的勇气跟欲望相当?
既然心灵的高贵已赋予她火一般的单纯,
又有美貌,如一张绷紧的弓,
崇高、孤独又极度坚毅,
这种人在如今的时代是不自然的。[1]
那还有什么能让她安宁?
啊,她生得如此,还能去做什么?
难道还有一个特洛伊供她焚毁?

---

[1] 叶芝印象中的茉德一直像是活在古代文明中的人,面容如同古希腊雕塑,身姿如同古罗马诗人维吉尔笔下的女神。

和　解

也许有人会责备你夺走
那些本应让他们感动的诗,
当日,我双耳震聋,两眼全盲,[1]
如遭霹雳,你离开了我,我再也
找不到可以讴歌的灵感,除了国王
盔甲和刀剑,以及半被遗忘的
那些仿佛与你有关的记忆——但现在
我们该走出了,因为世界安好,一如既往;
而当我们大笑和痛哭,
会把那些盔甲王冠和刀剑投进深坑。
但亲爱的紧靠着我吧;自从你离去,
我那贫瘠的思绪已经寒透了骨头。

---

[1] 1903年2月7日晚,叶芝在登台演讲前接到茉德·冈尼与约翰·麦克布莱德结婚的消息,备受打击,导致整场演讲不知所云。这首诗作于1908年。

和 平

啊,若时间能勾勒一个形体,
叫它展示荷马时代会孕育
怎样的美人,以作为英雄的酬劳。
"若非她的整个一生唯有风暴,
难道画家们就画不出一个形体
具有如此高贵的线条,"我要问,
"具有如此优雅高昂的头颅,
在娇媚之中有无比的坚毅,
在强健之中有无比的甜美?"
啊,但和平最终必将来临,
当时间勾勒出了她的形体。

酒 歌

美酒口中鉴,
真爱眼里辨;
名言众所知,
莫待空老死。
举杯眼望你,
掩唇长叹息。

反对不相配的赞美

心啊,安宁些吧,因为
无论流氓或傻瓜都不能破坏
那些只求一位女子会意
却不需要别人喝彩的事情。[1]
足够了,如果有这份努力,
那么她就会让你恢复力量,
仿佛一个梦,一头狮子曾做过的
直到野性怒吼醒来的梦,
一个秘密,一个你们之间,
骄傲者与骄傲者之间的秘密。

怎么,你还是想要他们的赞美!
但这里有一部更高傲的文辞,
在她的人生时日的曲径迷宫
她总困惑于自己的陌生感;
还有她梦想中付出的一切是怎样

---

[1] 莱德·冈尼因与麦克布莱德离婚而遭到非议,在剧院被人嘘场。

从同一个傻瓜和流氓那里
换来了造谣诽谤、忘恩负义；
是的，还有比这些更恶劣的侵害。
然而她，一路行走一路歌唱，
一半狮子一半孩童，无比安宁。

智慧随时间而来

尽管枝叶繁多,但根茎只有一个;
经过了年轻时所有说谎的日子
我已在阳光下摇落枝叶和花朵;
现在我可以凋零了,成为真实。

面　具

"卸掉面具吧,尽管它金光闪耀
还镶嵌着祖母绿的眼睛。"
"不,亲爱的,你这样做太鲁莽,
只想看看心灵能否狂野又聪慧,
同时又不冷漠。"

"我不过想看看那里有些什么,
是爱情还是欺骗。"
"正是面具充斥了你的头脑,
然后又叫你的心怦怦乱跳,
而不是它背后的东西。"

"但生怕你是我的敌人,
我必须查清楚。"
"不,亲爱的,即便那样,
又有什么关系,只要有一团火
在你和我的心里。"

棕色铜板

我自言自语,"我还太年轻,"
然后又说,"我已经足够成熟;"
为此,我抛起一枚铜板
来看看我是否可以恋爱。
"去爱吧,去爱吧,年轻人,
如果那位女士年轻美丽。"
铜板啊,铜板,棕色的铜板,
我正被她的秀发纠缠。

爱情是个狡猾的东西,
没有谁能足够聪明
去看看那里面藏着什么,
因为他心里只想着爱,
直到群星都已隐退,
阴云遮住了月亮的脸。
铜板啊,铜板,棕色的铜板,
无论何时开始恋爱都不嫌早。

Responsibilities and Other Poems

责 任

(1914)

致一位风中起舞的女孩

你在海滨起舞;
还有什么必要在乎
大风大浪的咆哮?
散开你的长发吧
既然咸水已把它打湿;
你还年轻不会懂得
傻瓜的胜利,也不懂
爱情失去如同赢得一样轻易,
更不懂那位庄稼能手已死去
而麦捆都还未收进仓廪。
还有什么必要畏惧
那狂风的尖厉嘶吼?

两年后

难道没人说过,胆大的
亲切的眼睛应该更有学识?
没人告诫你,飞蛾扑火
那是怎样的一种绝望?
我本可告诫你;但你太年轻,
我们说着不同的语言。

哦,你会接受各式各样的馈赠
并梦想整个世界与你为友,
会遭受你的母亲遭受过的,
最终也同样会破灭。
但我已衰老,而你那样年轻,
我说的是野蛮的语言。

青春的回忆

那些时光流逝如同演剧一场；
我曾有过爱情催生的智慧；
我曾有过机敏之母赋予的天才，
然而不管我怎样能说会道，
即便我曾赢得她的赞赏，
那割喉的北风仍吹来一片乌云
猛然间把爱情的明月遮挡。

请相信我说的每一个字，
我赞美过她的肉体和心灵
直到骄傲使她两眼发光，
喜悦让她两颊通红，
虚荣令她脚步轻盈，
但哪怕千般赞美，我们的所见
只有头顶上那漆黑的一片。

我们坐着像石头一样沉默,
尽管她一言不发,但我们都知道
即便最美好的爱情也终有一死,
而且早已经遭到了残酷毁灭,
除非爱情会因为听见
一只最滑稽的小鸟的叫唤
从乌云里扯出那神奇的明月。

沦落的王权

曾经,只要她露出面容便会有万众云集,
就连老人家也目光迷蒙,如今只有这只手
还像吉卜赛营地的某个最后朝臣
念叨着沦落的王权,记下曾经的过往。

那容颜,那因欢笑而变得甜美的心,
这些,这些都还存在,但我要记下曾经的过往。
万众仍将云集,但不会知道他们行走的这条大街
曾经有一样东西走过,她的身姿像一朵火烧的云。

让黑夜降临

她生于风暴和斗争,
她的灵魂太渴望
牺牲的光荣
所以不能忍受
寻常的生活乐趣,
而要活得像个国王
在他大婚之日
方旗和燕尾旗林立,
小号与定音鼓齐鸣,
还有那震天响的礼炮,
把时间轰出去
让黑夜降临。

朋友们

现在我必须把这三人称颂——
这三位女子[1]所造就的
喜悦充实了我的生活：
一位是因为毫无私心，
也没有那些绕不开的忧虑，
没有，从不曾在这十五个
多灾多难的年月里
出现过什么能够隔阻
心灵和愉悦的心灵；
另一位是因为她的手
有力量能够解开
那些无人能理解，
无人能拥有它还茁壮成长的，
年轻人梦想的重负，直到她
像这样改变了我，让我活在
辛劳和狂喜之中。

---

1 三位女子分别指叶芝的前女友奥莉维亚、挚友格雷戈里夫人和精神伴侣茉德。

但还有一位又怎样?她夺走了
一切,直到我青春不再
她仍吝惜着怜悯的一眼。
我怎么能赞美这一位?
每当天色渐明的时候
我计算我的得与失,
因她的缘故保持清醒,
回想着她的所有,
那鹰隼般的眼色仍历历在目,
同时在我的心底便涌出
一股磅礴的甘泉
令我从头到脚不停战栗。

外 衣

我给我的诗做了件外衣,
上面的精美刺绣
出自古老的神话,
从头到脚缀满;
但有些蠢人把它偷走,
还穿上它满世界炫耀。
我的诗啊,让他们穿吧,
因为要有更大的雄心壮志
才敢赤身裸体出门。

The Wild Swans at Coole

柯尔的野天鹅

(1919)

柯尔的野天鹅

树木都穿上了秋季的衣裙,
林区小路干爽,
十月的暮光里湖水如镜
映着静寂的天空;
在礁石间满溢的水面上
有五十九只天鹅。

从我第一次给它们点数至今
已是十九个秋;
但还没计算清楚,我看见它们
猛然飞升
把一圈圈破碎的巨轮崩散[1]
于喧响的翅翼。

我曾目睹那些神奇的生灵,
如今却感到心碎。

---

[1] 爱尔兰传说,爱神安格斯历尽艰辛,终于在龙口湖找到了心上人凯耶儿(Caer Ibormeith)。她和许多姑娘被锁链锁住,每年立冬节都要化身为天鹅。安格斯认出了凯耶儿,他们双双化作天鹅高飞,留下了美妙歌声。

全都变了,自从我第一次来到
这暮光的湖畔
听见它们的翅翼在上空如钟鸣阵阵,
不忍踏响脚步。

它们永不疲倦,情侣相依着,
畅泳在冷冽
可亲的溪水中,或是凌空攀升;
它们的心尚未衰老;
激情或雄心,无论它们漫游何方,
都始终陪伴身旁。

尽管此刻它们漂浮在静寂的水面,
神秘,美好;
会在怎样的蒲草丛中筑巢,
怎样的湖畔或塘边
再去悦人眼目,当我某日醒来
发现它们早已飞走?

悼念罗伯特·格雷戈里少校[1]

1

现在我们已差不多安顿好新居,
我想召唤一些老友,虽无法与我们
在这座古塔围着泥炭的火炉共饮
并一直交谈到夜深之后
才爬上窄窄的旋梯上床睡觉:
他们是遗落真理的探寻者
或仅仅是我年少时的玩伴,
所有,所有浮现在我今夜思绪中的都已死去。

---

[1] 罗伯特·格雷戈里(Robert Gregory,1881—1918)是叶芝挚友格雷戈里夫人的独子,英军飞行员,1918年在意大利被击落。叶芝一共为他写过四首悼念诗。

2

  我们总喜欢带新朋友去见老朋友,
  但若是某一位显得冷漠,我们又很受伤,
  像伤口撒盐一样加深
  我们内心情感上的痛楚,
  而争吵则是在脑袋上爆炸;
  但我要介绍的朋友没有一位
  会在今夜导致我们争吵,
  因为所有来到我心中的这些人都已死去。

3

莱昂内尔·约翰逊[1]最先叫我想起，
他热爱他的学术多过爱世人，
但对人渣也讲礼貌；狠狠跌倒之后他
开始忧虑圣洁问题
直到他所有的希腊拉丁学术仿佛
号角的一声长鸣率领着
他的思想稍稍靠近了
他梦寐以求的一种无限圆满。

---

[1] 莱昂内尔·约翰逊（Lionel Johnson，1867—1902），英国颓废诗人，天主教徒，死于酒后跌倒。

4

那个爱刨根问底的约翰·辛格紧跟其后,
他死命也要选择一个活的世界来作文
而且进了坟墓也绝不肯好好安息,
但是,经过漫漫旅途,他终于
在天黑之前找到了确切的场景,
它远远地设在一个最为荒凉的石头地,
在天黑之前找到了一个种族,
他们热烈而又单纯,跟他的心一样。

5

然后我想起了老乔治·波莱克森[1],
他年轻力壮时的马术,无论围猎还是赛会
在梅约人当中都是鼎鼎有名的,
这运动本可以好好展示骏马之纯良
和身手之矫健,纵使激情澎湃,活着
也不过像那恣意纵横的群星倾斜
以对分、四分和三分的相位;
后来渐渐变得笨拙无力,耽于冥想。

---

[1] 乔治·波莱克森(George Pollexfen, 1839—1910),叶芝舅舅,精通占星术。

6

多年来他们是我亲密的友人,
仿佛我的心灵和生命的一个组成部分,
如今他们停止呼吸的脸庞仍旧张望着
像是在一本老旧的图画书里边;
我已经习惯了他们的无气无息,
但无法接受我亲爱的朋友的亲爱的儿子,
我们的锡德尼[1],我们的完美典范,
竟也要一并遭受这死亡的非礼。

---

[1] 锡德尼(Philip Sidney,1554—1586),文武双全的英国著名诗人,为国战死,被奉为绅士典范。

7

因为眼前所见这赏心悦目的一切
都曾是他的所爱;暴风摧残的老树
把它们的阴影投向道路和桥梁;
古塔矗立在溪流的岸边;
河滩每夜都有饮水的牛群来
骚扰,被这响声惊吓的
水鸡必须更换它的住所;
他本该是你最衷心的迎接者。

8

领着戈尔韦猎狐犬,他常驰马
从泰勒城堡去到洛克斯堡那边
或埃塞凯利平原,没几个人能跟上他的速度;
在穆宁他曾跃过一处险地,
那惊险吓得同去围猎的一半人
都闭上了眼睛;还有在哪儿来着
他骑了一场赛会连马勒都没上?
然而他的头脑更快过马蹄。

9

我们梦想能有一位伟大的画家诞生
来描绘冷冷的克莱尔岩石和戈尔韦岩石以及荆棘,
那严酷的色调和那柔美的线条,[1]
这些也是我们的秘密修行
以此让凝注的心倍增她的力量。
士兵、学者、骑手,他,
此外他还秉着强烈的感受
把一切发表,让世界为之欣喜。

---

[1] 罗伯特·格雷戈里曾立志成为一个画家,叶芝称赞他的绘画刚柔并济。

10

还有谁能这么周全地指点我们
一座房子所有美妙的复杂性,
能像他那样谙熟,那样了解
所有工艺,无论用金属用木材
还是用石膏倒模或者石头雕刻?
士兵、学者、骑手,他,
所有一切他都做得如此完美
仿佛他只是在专精一个行当而已。

11

有人在烧湿柴，其余的人也许是在
把整个可燃的世界耗费在一个小房间里
就像烧干草，如果我们转过头去
那空空的烟囱就会熄灭殆尽
因为工作已经在那火焰中完成。
士兵、学者、骑手，他，
仿佛整个一生的摘要。
但是什么让我们梦见他竟在梳理白发？

12

眼看那狂风凄厉地撼动窗扉
我曾想着在心中回忆起
所有那些成年时受过考验，或童年时得过宠爱，
或年少才俊时赢得赞许的人，
把恰当的评价分给每一位；
直到想象力能带来
一种更为贴切的致辞；然而一想到
最近的死亡，便被它占据了我所有想说话的心。

人随年纪长进

我在梦想中凋残;
像一座风化斑驳的人鱼
在流水里深埋;
一整天我端详着
这位女士的美貌
仿佛从前我发现了书中的
一幅美人照,
满足于开阔眼界
或明辨了耳朵,
欣喜于一点聪明,
因为人随年纪长进;
但是啊,但是,
这是我的梦想还是真实?

哦,假若我们曾相遇
当时的我还有如火的青春!
但我已在梦想之中衰败,
像一座风化斑驳的人鱼
在流水里深埋。

所罗门和示巴对唱[1]

吻着示巴的黑脸蛋,
所罗门对她唱道:
"一整天从正午开始
我们都在一个地方交谈,
一整天从没有影子的日中
我们一直转来转去
绕着爱情的狭小话题
像厩栏里的一匹老马。"

坐在所罗门的膝头,
示巴对他唱道:
"要是你能钻研一个问题
让有学问的人心悦诚服,
你就会在太阳把我们的
影子投到地面之前发现,

---

[1] 在中东传说中,以色列所罗门王和非洲的示巴女王互相仰慕对方的智慧,后结为夫妇。叶芝在诗中将他和妻子乔吉的关系自比所罗门王和示巴女王。

并非话题,而是我的思绪
才是一个狭小的厩栏。"

吻着示巴的阿拉伯眼睛,
所罗门对他说:
"诸天之下出生的
男男女女没有一个
敢与我们两人比拼学问,
这一整天来,我们已发现
除了爱,再没有什么能把
世界变成一个狭小的厩栏。"

生机勃勃的美 [1]

鉴于灯芯煤油俱已燃尽,
输血之渠亦告冰封,
我令我那不满的心转而满足
凝滞的美从青铜模子里
铸出,或以迷人的石雕显现;
虽说现身,但我们走后它便走了,
对我们的孤独如此漠不关心
甚于一场幻影。心啊,我们老了;
生机勃勃的美属于年轻人:
我们付不起它索要的滔滔眼泪。

---

1 本诗作于1917年,当时叶芝在莱德·冈尼家中向伊素特求婚失败。

黎 明

我愿像这黎明一般无知,
它曾俯视
一位老女王丈量城市[1]
用胸针的细尖,
或看过那些枯槁的男子
从学究气的巴比伦
张望着群星满不在乎的轨迹
隐没在月亮升起的地方,
然后掏出写字板进行统计;
我愿像这黎明一样无知,
它只停留一瞬,摇响那璀璨的厢车[2]
在骏马的阴云笼罩的肩轭;
我愿——既然学问一文不值——
像这黎明一般无知又放肆。

---

[1] 爱尔兰传说中的女战神玛查(Macha)用胸针在北方画了一座城,后建成北爱尔兰的王都阿玛城(Armagh)。玛查也是马神。
[2] 太阳神的战车。

致一位年轻美人[1]

亲爱的艺术同仁,你怎能随便
结交形形色色的朋友,
结交各种男男女女?
应该在人杰中选择你的同伴;
那些总跟别人一块提水桶的人
很快就会扑通滚下山去。

镜子是一所学校,你可以
激情热烈,但不要
像寻常美女那样慷慨,
她们生来就不是要打扮成
以西结老头的智天使[2]
而是博瓦莱笔下那种。[3]

---

[1] 本诗作于1918年,叶芝写诗告诫伊素特,不要随便结交放浪的艺术家。
[2] 《旧约·以西结书》中描述了四面四翼的智天使(基路伯),驮着上帝的宝座。
[3] 后世将智天使表现为双翼的可爱娃娃。在法国雕刻家雅克·博瓦莱(1731—1797)的作品《爱情贩子》中,小天使被装在篮子里贩卖。

我知道美女会付多少报酬,
她的仆人要过怎样的艰苦生活,
还依旧赞美已度过了隆冬:
没有哪个傻瓜会把我称为朋友,
但在人生旅途的尽头,我可以
跟兰道和邓恩共进晚餐。[1]

---

[1] 瓦尔特·兰道(1775—1864)和约翰·邓恩(1572—1631),均为英国杰出的诗人。

一首歌

我原想不需要太多
就能延长青春,
像哑铃和击剑
可保持身体年轻。
但是谁能预料
心也会变老?

尽管我有千言万语,
怎样的女人才会满意,
因为在她身旁
我不再虚弱无力?
但是谁能预料
心也会变老?

我没有失去情欲
只少了那颗曾经的心；
我原想到我临死的时候
它会点燃我的身体，
但是谁能预料
心也会变老？

致一位少女[1]

宝贝啊,宝贝,我知道,
比其他的人更明了
是什么让你的心狂跳;
就连你的亲生母亲
也不如我这样明了,
她让我为她伤透了心,
那时的疯狂念头
如今她否认
且已忘怀,
却曾使得她热血激荡
并在眼中熠熠闪光。

---

[1] 本诗作于1915年,写给伊素特。

残 梦

你的发间已有花白。
小伙子不会再突然屏住呼吸
看着你走过;
但也许会有些老头喃喃祈福
因为正是你的祷告
令他康复于等死的病床。
只因有你——深知所有的心痛,
又给予其他人所有的心痛,
从瘦弱的少女时代便负担起
沉重的美——只因有你
上天才撤销了她宣判的钟鸣,
多伟大的天赋啊,你只需在房里走动
便能带来安宁。

你的美在我们当中只能留下
模糊的回忆,回忆而已。

有个小伙子等老人们结束谈话
会对老人说，"跟我讲讲那位女士吧，
竟能让诗人强撑着激情给我们歌唱
尽管年岁也许早已凉透了他的热血。"

模糊的回忆，回忆而已，
但在坟墓中一切，一切，都将更新。
实实在在我将看见那位女士
或倚或立或行走，
带着成熟女性的最初魅力，
还有我年轻的眼中的狂热，
令我喃喃自语像一个傻瓜。

你比任何人都更美丽，
然而你的身体也有过缺陷：
你的小手就不够美，

我担心你会跑去
把手腕浸泡
在那永远盈满的神秘的湖里
像那些已经遵从了神圣律法的生灵
浸入然后完美。请不要改变
我曾吻过的这双手,
看在老交情份上。

子夜的最后一记钟鸣消隐。
一整天坐在一把椅子上
我从梦到梦又从韵到韵一路神游,
跟空虚的形象漫步闲谈:
模糊的回忆,回忆而已。

记 忆

一位有美丽的相貌，
两三位有动人的魅力，
但魅力和相貌都是枉然
因为山坡的青草
只能保持原来的形状
在山坡被野兔匍匐过的地方。

重 誓

因为你没能遵守那个重誓[1]
别人就成了我的朋友；
然而每次当我直面死亡，
当我登上睡眠的高峰，
或当我酒后得意忘形，
突然间就看到了你的脸。

---

[1] 茉德·冈尼曾发誓终身不嫁，后来却食言了。

女 鬼

这一夜总有些诡异,弄得我
仿佛根根寒毛直竖上头顶。
从太阳落山我便恍惚梦见
几个女人欢笑着,有的羞涩有的放肆,
在蕾丝或丝绸面料的窸窣声里,
登上我咯吱作响的楼梯。她们定是都读了
我在诗中写过的那鬼怪东西:
有回应却没有回报的爱。
她们站在门口又站在
我的大书案和壁炉中间,
一直近得让我听见她们的心跳:
一个是妓女,另一个是女孩,
她还从未用情欲的眼打量过男人,
还有一个,也许啊,是女王。

一个傻瓜的两首歌

1

一只花斑猫和一只乖乖兔[1]
都在我家炉边吃东西
然后在那儿睡觉;
两个都指望我一人
获得知识和保护,
就像我要指望上天。

我常从梦里惊醒,
想到有一天我也许忘了
给它们食物和饮水;
或者,房门没关,
兔子会跑出去,直到它发觉
号角的优美旋律和猎狗的牙齿。

---

[1] 花斑猫指乔吉,乖乖兔指伊素特·冈尼。

我背负的重担真适合考验
事事循规蹈矩的人，
而我又能做什么，
一个胡思乱想的傻瓜
除了祈求上帝叫他减轻
我的重大责任？

2

我睡在炉边的三脚凳上,
花斑猫睡在我的膝上;
我们从来不想去打听
棕毛兔会在哪里,
房门有没有关。
谁知道她怎样吸着冷风
从垫褥上伸长两腿,
在她已经打定了主意
要鼓动脚跟然后跳出去之前?
如果我从梦里醒来
呼唤她的名字,她听见了,
也许吧,但没有反应,
那就是说,也许吧,她已发觉了
号角的优美旋律和猎狗的牙齿。

Michael Robartes and the Dancer

麦克·罗巴蒂斯和舞者

(1921)

所罗门和女巫[1]

那位阿拉伯夫人如是声言:
"昨晚,在疯狂的月下
我在茵茵的芳草上席地而卧,
在我怀里是伟大的所罗门,
我突然用一种奇怪的语言叫嚷起来,
不是他的,也不是我的语言。"
      那位通晓
各式各样的言语、感叹、歌唱、嘶吼、猫喵、
狗吠、驴鸣、鹿呦、呼喊、叫嚷、鸡啼的智者
随即答道:"有一只小公鸡
曾在一株花团锦簇的苹果树上啼鸣,
但从人类堕落前三百年
至今却没有再啼一次,
现在也不会,除非他认为
机遇终于和选择合而为一,
那颗贼苹果所造成的一切

---

1 即所罗门和示巴,叶芝和妻子的自比。

以及这肮脏的世界都终于灭亡。
他的啼鸣曾唤出永恒,
却想着把它重新啼回去。
因为尽管爱情有一只蜘蛛眼
能够为每一根神经找到——
是啊,尽管所有的激情都在眼光之中——
与之相应的痛苦,并测试相爱者,
以机遇和选择的残忍;
然后当这桩谋杀终于结束
也许婚床还会带来绝望,
因为每一个想象的形象一产生
便会在其中找到一个真实的形象;
然而世界终将结束,当这两个东西
虽各自不同但却合为同一道光,
当灯油和灯芯燃成了一体;
因而昨晚那一轮蒙福的月亮

便将示巴赐予她的所罗门。"

"然而世界却依旧。"
                "若是这样,
你的小公鸡就会发现我们犯了错,
尽管他认为这也值得为之啼鸣。
或许是一个形象太过强大,
又或许是它还不够强。"

"夜色降临了;那森严的圣林里
悄无声息,唯有
一片花瓣敲落在地上;
林中也阒无一人,
除了我们躺卧的地方被压皱的芳草;
而月亮一分一秒愈加疯狂。
哦!所罗门!我们再来一次吧。"

土星影下 [1]

不要因为这一天来我变得郁郁寡欢
就想象是失恋使我忧伤憔悴,因为我没有
别的青春,它便与我的思维密不可分;
但我怎么会忘记你带给我的智慧,
你给予我的慰藉?我的头脑已远在
幻梦之中奔驰,我的马匹亢奋于
童年的记忆:有老杂毛波莱克森,
有米德尔顿,你还没听说过这个名字,
有一个红头发的叶芝[2],尽管虽然他死于
我出生之前,但仍留下鲜活的记忆。
你会听见一位曾为我的家族服务的工人,
他在斯莱戈码头附近的大马路上说——
不,不,不是说,而是大喊——"你又回来了,
过了二十年确实是该来的时候了。"
而我想起一个孩子许过的空头誓言,
永不离开他的父辈称之为家园的山谷。

---

1 这首诗是叶芝写给妻子乔吉的。西方占星术认为当土星落在星盘占显著位置时会造成土星气质,导致人抑郁。
2 红头发的叶芝指叶芝的祖父威廉·叶芝牧师。

1916年复活节

我曾在每日下班后见到他们
脸上带着生动的表情
离开柜台或办公桌
走出18世纪的灰暗房屋。
我曾在过路时向他们点头
或说些客套的闲话,
或停留片刻,然后再说些
客套的闲话,
但还没说完就想起
一个讽刺或揶揄
可以去逗乐
酒吧壁炉旁的伙伴,
毫无疑问他们跟我一样
都生活在花衣小丑的舞台。
一切都变了,彻底变了:
一种可怕的美诞生了。

那个女人[1]把白日都消耗

在无知的好心

而夜晚用于辩论,

直到她的嗓子越来越尖厉。

谁的嗓子能比她更甜美,

想当年她青春亮丽

在猎场跃马驰骋?

这个男人[2]办过学校

也骑过我们的飞马[3];

另一位是他的助手和朋友[4]

加入到他的队伍;

他将来也许赢得名声,

因为他的天性那么敏锐,

他的思想那么勇敢又迷人。

接下来这位我曾想象

---

1 康斯坦丝·马尔凯维奇(1868—1927),叶芝的好友、女革命者。
2 帕特里克·皮尔斯(1879—1916),教育家、诗人、起义领袖之一。
3 古希腊神话中,缪斯女神的坐骑是飞马珀伽索斯。
4 托马斯·麦克多纳(1878—1916),皮尔斯同仁,起义领袖之一。

是一个酒鬼,虚荣的蠢货。[1]
他曾犯过最卑鄙的罪恶
对我心中最贴近的那个人,
但我还是要在诗中数到他;
他,也同样抛弃了他的角色
脱离这场肤浅的喜剧;
他的表演也同样改变了,
彻底变形了:
一种可怕的美诞生了。

所有的心都为着一个目的
但历经酷暑严寒仿佛
中了魔法变成石头
来阻挡那鲜活的溪流。
打远路而来的骏马,
骑手,绵延的鸟群

---

[1] 指茉德的丈夫约翰·麦克布莱德(John MacBride,1865—1916)。

从云端飞向翻腾的云端,
它们一分钟一分钟地变幻;
溪流里一片云朵的倒影
变换着一分钟一分钟;
一只马蹄在水边打滑,
一匹马在水中扑腾;
长脚的水鸡们冲下来,
雌鸟向着雄鸟啼鸣;
它们一分钟一分钟地生活;
而那石头在这一切中间。

太漫长的牺牲
会把心变成一块石头。
哦,何时才足够?
那是上天的责任,我们的责任
是轻轻呼唤一个个姓名,

像母亲呼唤她的孩子,
当沉睡最终降临
在那些曾经狂奔的肢体。
除了夜晚还能是什么?
不,不,不是夜晚而是死亡;
这死亡究竟是不是不必要的?
因为英国也许信守承诺
履行它做过说过的一切。
我们知道他们的梦想;只需
知道他们有过梦想并付出生命就够了;
哪怕是过度的爱
迷惑着他们一直到死又怎样?
我把这一切写成诗歌——

麦克唐纳、麦克布莱德、
康诺利和皮尔斯诸君
在此刻以及将来,
在任何披挂绿装[1]的地方,
都变了,彻底变了:
一种可怕的美诞生了。

---

1 绿色是爱尔兰的代表颜色。

巴利里塔铭文

我,诗人威廉·叶芝,
用旧磨坊的木料和海绿色的板岩,
以及来自戈特镇锻造场的铁器,
为我的妻子乔吉修缮了这座塔楼;
愿这些文字长存,
哪怕一切又再度毁灭。

致一个政治犯[1]

她从前不太懂什么叫耐心,
年少时如此,但如今却能够
让一只灰鸥忘掉恐惧飞进
她的囚室并在那里栖息,
在那里忍受她手指的抚摸
并从她的指间啄食。

当她抚摸那孤单的羽翼
是否会怀想过去?那时她的心尚未
变成一种苦涩,一个抽象物,
她的思想尚未成为大众仇恨:
瞎子和瞎子的领路人
在他们躺卧的污渠里饮水。

---

1 这首诗写给康斯坦丝·马尔凯维奇,1916年复活节起义失败后,她和茉德·冈尼被关在同一个监狱。

多年前当我看见她驰马
从布尔本山赶赴赛会,
她那乡野自然的美
激荡所有小伙子孤独的野性,
她的样子已长得灵巧可爱
像一只礁石养育、海中生长的鸟儿:

海中生长,或空中翱翔,
当它第一次跃出鸟巢
从高高的悬崖上空眺望
那阴云密布的天穹,
在它被风暴吹打的胸膛之下
咆哮着大海的深渊。

第二次降临

转啊转啊,在肆虐的旋涡中
猎鹰不能再听从驯鹰人;[1]
万物离散;中心无法维持;
唯有暴乱在世界泛滥,
血污的洪潮在翻涌,到处
都有无邪的典礼被淹溺;
精英丧失了所有信念,而人渣
却充满极度的狂热。

确实有某种启示就要到来;
确实第二次降临[2]就要到来。
第二次降临!这些字才刚出口,
一幅出自"世界之灵"的宏大图景
闯进我的视野:在大沙漠的某处,
一具狮身人面的形体,
它空洞无情的独眼如同烈日,

---

[1] 在但丁《神曲》中,维吉尔像驯鹰人驭鹰那样召唤巨兽革律翁,驮着两位诗人下到深层地狱。
[2] 在基督教中原指耶稣重临并进行最后审判。诗中指世界末日。

正挪动着迟缓的腿股,而在它四周
是愤怒的沙漠鹫群呼旋的阴影。
黑暗再次笼罩,但此刻我明白了
二十个世纪的僵死沉睡
正是被摇篮的晃动扰成噩梦,
然后是怎样凶暴的巨兽,终于轮到了它的时日,
正疲沓地走向伯利恒去投生?[1]

---

1 伯利恒是耶稣的出生地。

为女儿祈祷

又一次狂风咆哮,半掩在
这摇篮的护罩和盖被,
我的孩子睡着了。再没有屏障,
除了格雷戈里家的树林和一座秃山,
于是那掀屋揭瓦的狂风,
起于大西洋,在此无可阻挡;
整整一个小时,我徘徊又祈祷,
因为那巨大的阴郁笼在我心头。

我徘徊又祈祷,为了这婴儿一个小时
耳中听到海风呼啸在塔楼顶上,
在桥拱底下,又呼啸
在榆树林里,在泛滥的溪流上;
我在亢奋的幻梦中想象
未来的岁月已经舞蹈着
随着一阵狂暴的鼓点,
从大海那残酷的无邪中浮现。

愿她被赋予美貌，但不要
美得让陌生人目乱神迷，
或让自己在镜前沉醉，因为，
要是生得过于美貌，
会以为有美貌便已足够，
因而失去了善良的天性，还可能
失去那种敞开心扉的亲密
所带来的选择，永远找不到朋友。

海伦的命中已注定一生平淡乏味
然后为了个傻瓜招惹无数烦恼，
而那位大女神，从浪花中诞生的，
没有爸爸便可以自己选择，
然而选到个瘸腿的铁匠做丈夫。[1]
确实那些贵妇人吃的是

---

[1] 古希腊神话中的美神、爱神阿芙洛狄忒生于海中，因而是没有父亲的，她后来嫁给瘸腿的火神、锻造神赫斐斯塔斯。叶芝一直对茉德另嫁他人很不理解。

疯狂的沙拉来佐餐,
因此丰饶角也被破灭。
对于殷勤好意,我希望她尤其明了;
真心并不来自天赋,相反真心总是
让那些并不十分美丽的人赚到;
但有很多人却曾经为着美貌本身
一再犯傻,直到魅力化成智慧,
还有很多可怜人曾经彷徨着,
爱过,还以为自己是被爱,
最后却被可人的贤惠定住了眼睛。

愿她长成一棵茂盛而隐秘的大树,
让她的所有思绪都像红雀那样
无忧无虑,只需向四方传送
它们宽宏大量的歌喉,
除嬉戏之外不用去追逐,
除嬉戏之外不必吵嘴。
哦,愿她活得像一棵常青的月桂
扎根在某片永恒的沃土。

我的心，因我曾爱过的那些心，
因我曾赞许过的那种美丽，
有过一瞬滋润，后来便干涸了，
但还是懂得若被仇恨堵塞
就让各种厄运占到了先机。
如果心里没有仇恨
无论狂风侵袭和打击
都不能把红雀从枝叶上分离。

还有一种理智的仇恨才最糟，
会让她以为有观点就是该死的。
难道我未曾见过一位最可爱的女子
生于丰饶角之口，
因为她心中有自己观点
便将那宝角和所有一切
让能安分的天性理解到的好处
去交换了一口充满怒吼的破风箱？[1]

---

[1] 茉德·冈尼中年以后充满政治仇恨。

想到这些,一切仇恨又被驱散,
灵魂回复了它根本的无邪
并认识到这些不过是自我陶醉,
自我安慰,自我恐吓,
明白自己的美好愿望只是上天的愿望;
而她,不管每一张脸都怒视,
每一处风吹都咆哮
或每一个风箱都鼓裂,都依然幸福。

愿她的新郎领她进入一幢宅子,
那里的一切皆如习俗和礼仪;
因为傲慢和仇恨只是些杂货
在路旁被人叫卖。
但在习俗和礼仪之中
无邪和美丽怎样诞生?
礼仪是丰饶角的名字,
而习俗是那茂盛的月桂树。

The Tower

塔 楼

(1928)

丽达与天鹅[1]

猛然的轰击:那双巨翅仍不停扑打
在动摇的少女身上,她的大腿被爱抚
于他漆黑的脚蹼,她的后脖噙在鸟嘴里,
他的前胸紧紧抵上她那无助的胸脯。

那些惊惶无措的手指要怎样才能推拒
她松开的大腿上那羽状的炽烈?
当肉体被置于那洁白的香蒲
怎能不感到它身下那陌生的心跳?

腰间的一次震颤竟招致了
断壁颓垣,焚城烈焰,
直至阿伽门农殒命。

---

[1] 在希腊神话中,宙斯化为天鹅使斯巴达王后丽达怀孕,生下海伦、克吕泰涅斯特拉(后来嫁给了希腊联军统帅阿伽门农)这两位绝世美女,为人间带来灾难。

　　　　　竟如此被擒捉,
如此臣服于空中的野蛮之血,
但她是否从他的力量中吸收了他的知识
在那冷漠的鸟喙把她放开之前。

在学童中间 [1]

1

我走过漫长的教室不断提问;
一位和蔼的白巾老修女在旁作答;
那些孩子在学算术,那些在唱歌,
那些在钻研阅读课本和历史,
还有裁剪缝纫,样样得体,
按最摩登的来说——孩子们的目光
时刻闪烁惊奇,紧盯着
一位年届六旬面带微笑的社会名流。

---

[1] 1926年3月,作为主管文教方面的爱尔兰参议员,叶芝视察了都柏林附近的一所改良教会学校。

2

我在想象一个丽达般的身影,俯身
在微暗的炉火上,她所讲述的
故事是一个严厉教训,或曰一桩小事
却导致童真的一日酿成悲剧——
说完后,仿佛出于青春的共通感
我们两人的性格便交融为一个球体,
抑或,借用柏拉图的譬喻,
成为一个壳里的蛋黄和蛋白。[1]

---

[1] 柏拉图在《会饮篇》中说,人最初是双面同体的强大生灵,被宙斯劈成两半,"就像用头发切开鸡蛋一样"。

3

一边回想那一阵阵的悲痛或激愤
我一边端详眼前的这些小孩,
心里寻思她在童年是否也这样站过——
因为即便天鹅的女儿也能够分享
一切水禽所传承的某些东西——
是否也有这样光彩的脸蛋或头发,
就这样我的心脏便疯狂跳动:
她竟像一个活泼的孩子站到了我面前。

4

　　她现在的形象浮现在我的头脑——
　　难道是十五世纪大师的手笔
　　将它塑造得脸颊深陷,一副餐风饮露
　　并以影子为食来过活的模样吗?[1]
　　而我尽管从不属于丽达般的族类,
　　但也曾有过华丽的羽毛——这就够了,
　　最好对所有的微笑报以微笑,并表现出
　　这是一个心满意足的破稻草人。

---

[1] 茉德·冈尼晚年形容瘦削,不再有苹果花一般的脸庞。

5

年轻的母亲,她怀里的一个形状
已经被生殖之蜜出卖,
那时必定也沉睡,尖叫,拼力想脱逃,
如同前世记忆或忘川之药所决定的;[1]
她会如何看待她的儿子,一旦她见到那形状
头上已笼罩六十或更多个严冬,
以补偿他诞生时的剧痛,
或者他的前程的不确定性?

---

[1] 叶芝相信柏拉图学派关于灵性生命的理论。"生殖之蜜"使胎儿投生,又抹去他的灵性。胎儿的命运是沉睡还是逃脱,取决于记忆或者遗忘的力量。

6

柏拉图认为大自然只是颗泡沫
在一套鬼魅般的万物范例上游戏；
壮实的亚里士多德则耍弄教鞭
抽打一位万王之王的屁股；[1]
闻名遐迩的金腿股毕达哥拉斯[2]
在琴弓或琴弦上撩拨着
一首星光曲给无心的缪斯听闻：
老衣插老棍，诈唬小家雀。

---

1 亚里士多德曾经是亚历山大大帝的老师。
2 据说毕达哥拉斯有一条腿是金子做的。

7

修女和母亲们都崇拜影像,[1]
但那些烛灯映照出来的却是不同于
那些能激发母亲幻想联翩的东西,
只不过为了让大理石或青铜像保持安定。
然而它们也同样令人心碎——诸神诸灵啊,
如激情、虔敬或慈爱之所知的,
以及整个天国的荣耀所象征的——
哦,人类伟业的那些自生自长的嘲弄者。[2]

---

[1] 修女崇拜耶稣和圣母的形象,母亲崇拜她们心中自己的孩子的形象。
[2] 自生自长、无父无母的神明精灵等拥有完整统一的自我形象。

8

若肉体能不因取悦灵魂而受伤害,
那劳作亦如鲜花绽放或舞蹈翩翩;
美不可能生于它对自身的绝望,
老眼昏花的智慧也不生于午夜的油灯。
栗子树啊,根深叶茂繁荣广大,
你究竟是叶片、鲜花还是枝干?
啊,音乐中摇摆的身体,啊,明眸亮丽的顾盼,
叫我们如何能分辨舞蹈和舞蹈者?

欧文·阿赫恩和他的舞伴们

1

真奇怪啊我的心,当爱情从意料之外
降临诺曼[1]高地或白杨树的阴凉,
尽管它只需负担自己却仍旧疲惫不堪。
它无法承受那负担因而便疯掉了。

南风给它带来渴盼,东风带来绝望,
西风令它可怜,北风令它恐惧。
它害怕那所有的风暴会给它的爱造成伤害;
它害怕她会造成伤害因而便疯掉了。

我可以跟身边的任何头脑交换看法,
我拥有健康的血肉身躯,跟任何诗人一样,
但是啊!我的心再无法承受那高坡上风声呼啸;
我逃啊,逃开我的爱,因为我的心疯掉了。

---

[1] 指法国诺曼底,茉德在那里有住房,叶芝曾在此向伊素特求婚。

2

我的心在肋骨后面大笑,"你说我疯掉了,
因为我促使你逃跑,离开那个小姑娘;
但她怎能跟你这样野生野长的五旬老人般配?
让笼中鸟去配笼中鸟吧,野鸟要和野的相配。"

"你只会整日捏造谎言,凶手啊。"我答道。
"而那些谎言都只有一个目的,把可怜的受害人叛卖;
我从不认为我身边的女人有哪一个是在笼中的。
啊,她一定会心碎,若是得知我的思绪已远远躲开。"

"说句心里话,"我的心唱道,"谁在乎呢,
既然你的嘴巴无法说服那姑娘,除非她会错把
她那种幼稚的感激当成爱情并与你这五旬老人婚配?
啊,让她去选一个年轻人吧,只因为他有狂野。"

一个男人的青春和衰老(节选)

· 初恋

她如同那高航的明月
养成于美的残忍孵育,
她时而行走,时而脸红
然后在我的路前停下
直到我以为她的身体带着
一颗有血有肉的心。

但自从我把手置于其上
发现了一颗石头的心
我已尝试过许多办法
但没有一样成功
因为这样做难免阴阳怪气
若想用手去游遍月亮。

她微微一笑便将我变形
让我成了一个蠢货,
逛逛这里,逛逛那里,
而思想愈发空虚
像群星空转着天轮
在明月远去之后。

· 人类的尊严

她的好意如同明月,
如果我可以称之为好意,
那种没有丝毫理解,
无论对谁都一样的东西,
仿佛我的哀伤只是些布景
在一幅彩绘的幕墙。

多像一块石头啊
我倒在这歪脖树下。
要想变回原形
除非我把心中的苦痛
向飞鸟尖叫,但我却沉默
以示人类的尊严。

· 美人鱼

美人鱼发现了一个游泳的少年,
便决定要他做自己的人,
她用身子抱紧他的身子,
高高兴兴地潜入水里;
在这残酷的幸福中却忘了
即便钟情的人儿也会淹死。

· 兔子之死

我曾指出那些吠叫的猎狗,
兔子跳进了树林,
而当我献上一声恭贺
她欣喜得好像恋人
低垂了眼目,
羞红了面颊。

但突然她烦乱的神情
把我的心揪紧,
我想起那丧失了的野性,
到后来,她飘然而去,
我还独自留在那林中
记下兔子之死。

· 空杯子[1]

有个疯汉发现了一杯水,
在他渴得要死的时候
却根本不敢润一润嘴唇,
只想象着,月之诅咒啊,
要是再喝一大口
他那跳荡的心就会胀破了。
去年十月我也发现了一只杯子
但发现它已干涸如枯骨,
就这样我变疯了,
我的睡眠也从此远去。

---

[1] 在塔罗牌中,杯子相当于扑克牌的红心。

· 他的记忆

我们应避开他们的目光,
只作圣洁的展示
而且要肢体断折像荆条
被凄冷的北风摧残,
以此怀念已逝的赫克托耳[1]
和不为活人所知的事。

女人都不太喜欢去盘点
我做过或说过什么
她们只想撇开原先溺爱的羊羔
赶紧去听一头叫驴嘶吼;
我的胳膊像那扭曲的荆条
但也曾有美人安枕;

---

[1] 特洛伊勇士,被希腊英雄阿喀琉斯所杀。

全部族的第一美人在这里安枕
并享受了无比的欢愉——
她曾使强大的赫克托耳被打倒
并让整个特洛伊化为废墟——
那时她对着我这只耳朵大喊:
"要是我尖叫,你就抽我。"

· 夏与春

我们坐在一棵老棘树下
把这夜晚闲谈打发,
说尽了我们初见光明以来
所有讲过或做过的事,
当我们谈到成长经历,
才得知我们曾平分了一个灵魂,
若现在让一半投入另一半的怀抱,
那我们有可能让它再合为一体;
说到这,彼得露出狰狞的表情,
因为似乎他跟她
也曾聊过他们的纯真年代,
就在同样的树下。
啊,想当年那一树春芽的萌动,
还有那鲜花的盛放,
那时节我们拥有全部的夏,
而她拥有全部的春!

The Winding Stair and Other Poems

旋 梯

(1933)

死 亡

既不恐惧也不殷切期望的
是一只垂死的兽;
当一个人等待他的终结
却恐惧又期望着一切;
无数次他死了,
无数次又重新站起。
一个伟大的人会骄傲地
直面那些凶残的人,
并把嘲弄投向
那生命的替代品;
他从骨子里了解死亡——
是人创造了死亡。

三个运动

莎士比亚的鱼在海里游,远离陆地;
浪漫主义的渔网中游,将入人手;
那边又是些什么鱼,撂在沙滩上喘气?

或可谱曲的歌词(节选)

· 疯珍妮谈末日审判

"如果得不到
完整的肉体和灵魂
那样的爱情
根本就不满足";
以上是珍妮听说。

"你若是接受我,
就要接受酸楚,
我可能在一个小时
嘲笑、气恼又怒叱。"
"那是当然的。"他说。

"赤裸着我躺在
那青青草我的床上;

赤裸着,遮掩着,
在那暗黑的一日";
以上是珍妮所说。

"还有什么能显现?
什么是真正的爱?
随着时间一旦消逝,
一切尽为人知,尽被显现。"
"那是当然的。"他说。

· 她的焦虑

大地已靓丽妆扮
等待春天的回归。
所有的真爱必死,
最好也不过变成
某种低级玩意。
请证明我在说谎。

爱人的肉体娇美,
呼吸深沉悠长,
他们爱抚,或感叹不已。
每抚摸一次,
爱情就更接近死亡。
请证明我在说谎。

· 他的信心

为买到不死的爱
我书写在
这只眼睛的角落
所有犯过的错。
怎样的代价才足够
换来不死的爱?

我猛烈地撞击
把心劈成了两半。
那又怎样?因为我知道
爱情出自岩石,
从一个荒凉的源头,
踏上了它的前路。

· 摇篮曲

亲爱的，愿你睡得香甜，
在你吃奶的地方找到梦乡。
全世界都发出警报又如何？
当强大的帕里斯躺卧在
海伦怀抱中的第一个黎明，[1]
在一张金床上找到他的梦乡。

睡吧，亲爱的，甜甜地安睡
就像野蛮的特里斯坦一般，
当时，那药剂已经起效，
雄鹿奔跑，或雌鹿蹦跳
在栎树和山毛榉的枝干下，
雄鹿蹦跳，或雌鹿奔跑；

---

[1] 希腊神话中，特洛伊王子帕里斯诱拐了斯巴达王后海伦，引发了十年特洛伊战争。

如此沉迷的安睡就如笼罩
尤罗特斯的茵茵岸滨[1],
当一只神鸟在那里
实现了他注定的意志,
从丽达的四肢滑落,
却不曾脱离她那卫护的关爱。

---

1 斯巴达城邦位于尤罗特斯河谷。丽达是斯巴达的王后。

· 沉默许久之后

沉默许久之后说话;真好,
当其他恋人都已远离或死去,
不友善的灯光在遮罩下躲藏,
窗帘挡住了不友善的黑夜,
我们可以反复讨论
艺术和诗歌那至高的主题:
肉体衰老是一种智慧;年轻时
我们彼此相爱,却一无所知。

一个女人的青春和衰老(节选)

· 最初的告白

我承认那根荆棘
虽绞进了我的头发
却不曾把我刺伤;
我的畏缩和颤抖
不过是演戏,
不过是撒娇。

我渴望真理,然而
我无法抑制那些
为真我所否认的东西,
因为博取男人关注
带来的那种满足感
更让我从骨子里祈盼。

星宫图的明光
仿佛尽被我吸引,
为何那些质疑的眼睛
总盯在我的身上?
假如空洞的夜色要来回答,
除了避开我,它们还能做什么?

· 最后的告白

所有曾与我共眠的男人
哪一位情郎最讨我喜欢?
我的回答是我曾付出我的灵魂
但是爱得凄惨,
而跟一个肉体所爱的情郎
却是快乐无边。

我会大笑着挣开他的怀抱,
心想他如此激情
竟幻想只要我们的肉体接触
我就付出一次灵魂,
我又大笑着扑上他的胸膛,心想
禽兽对禽兽便是这样。

我付出的跟别的女人一样
都是从衣裙里走出来的东西;
然而当这个灵魂,一旦脱离肉体,
赤裸地向赤裸走去,
它找到的那个他也将在其中找到
不为外人知晓的东西,

付出他那份又得回他那份,
然后凭他那份权利行使支配;
尽管这灵魂曾经爱得凄惨
但仍紧紧地相依不分离,
竟使得没有一只鸟儿敢在白天
熄灭这份欢愉。

思考的结果

熟人;知己;
一个才华横溢的女子;
天资卓越,出类拔萃,
全都被她们的青春毁坏,
全都,全都被那不人道的
苦涩的荣耀所摧残。

但我已整饬了
废墟,残花和残骸;
我劳苦多年总算
得出了一个深刻的思想:
我能够重新唤起
她们全副的蓬勃生机。

这些都是什么形象?
她们或目光呆滞地转身,
或卸下时间的污秽包袱,
伸直老迈的双膝,或踌躇或坚持。
是什么人摇头或点头?

选 择

人的智力要被迫去选择
生命的完善,或工作的完善,
若选择了后者就必须抛开
天国的华厦,去黑暗里咆哮。
当故事全都结束,还有什么新闻?
无论幸运与否,辛劳总有留痕:
往昔的迷惑换了一个空钱包,
或白天的虚荣,夜晚的懊悔。

New Poems

新 作

(1938)

优美崇高的事物

  优美崇高的事物；奥利里[1]的高贵头颅；
  我的父亲[2]站在艾比的舞台，面对狂热群众：
  "这圣徒之国，"然后待掌声停歇下来，
  "的泥糊圣徒们；"他优美的顽皮脑袋向后一仰。
  斯坦迪什·奥格雷迪[3]借着两张台桌撑起身子
  跟一些醉鬼高谈阔论毫无意义的大话；
  奥古丝塔·格雷戈里[4]坐在她的金漆大书案前，
  她的第八十个冬天将来临："昨天他威胁要我的命，
  我告诉他每晚六到七点我都会坐这张桌子，
  并拉起百叶窗；"茉德·冈尼在霍斯火车站等车，[5]
  雅典娜女神在她那挺直的腰背和傲慢的头脑里：
  整个奥林匹斯的诸神；一件不再被人所知的事物。

---

[1] 奥利里（1830—1907），爱尔兰革命者，美髯公，叶芝父亲曾为其画过肖像画。
[2] 叶芝的父亲约翰·叶芝（1839—1922）曾在艾比剧院为进步戏剧辩护。
[3] 奥格雷迪（1866—1928），爱尔兰作家、历史学家。
[4] 格雷戈里夫人（1852—1932），爱尔兰作家，叶芝挚友，享年八十岁。
[5] 1891年8月4日，叶芝和茉德前往都柏林霍斯海滨郊游。前一日他求婚被拒。

一个疯姑娘

那个疯姑娘即兴奏响她的音乐,
她的诗歌,并舞蹈在海滩上,
她的灵魂已脱离自身,
攀高,又坠落到她不知晓的地方,
躲藏在一艘轮船的货仓里边,
她的膝盖摔坏了;我宣告那个姑娘
是优美崇高的事物之一,或一个
壮烈地失去,又壮烈寻回的事物。

无论怎样的灾难会发生,
她伫立在不顾一切的音乐里,物物
呜呜,舞舞,她将她的胜利实现
于捆包和篮筐的存放处,
没有寻常易懂的声响
只有歌唱,"哦,海渴海饿的大海。"

那些形象

如果我叫你离开
思维的洞穴会怎样?
有一种更好的锻炼
在阳光和微风里。

我从没叫你去
到莫斯科或罗马,
快丢下那桩苦差吧,
唤缪斯回家。

去寻求那些形象,
它们构成了原野,
狮子和处女,
娼妓和小孩。

去空气当中发现
一只展翅的鹰,
看清那五种形象
是它们令缪斯歌唱。

Last Poems

遗 作

(1939)

布尔本山下

1

谨奉诸位先贤所言
于马略奥特湖畔[1]
如阿特拉斯女巫所知者,[2]
曾言明并订立雄鸡之啼[3]。

谨奉诸位男女骑手之名,
其仪容身姿绝世超凡,
与白净长脸的伙伴[4]
在永生中昂扬,
赢取他们激情的完满;
此刻他们驰过冬日的黎明
布尔本山为此设下背景。

以下为他们所言要旨。

---

1 马略奥特湖(Mareotid)位于埃及亚历山大城南,湖畔有古埃及冥神俄赛里斯的主庙,公元1世纪有犹太人灵修会在此发展,被认为是基督教修道院的先驱。
2 雪莱长诗《阿特拉斯女巫》(1820)中说到马略奥特湖。
3 雄鸡报晓将预告世界变换的时刻到来。参见《所罗门和女巫》。
4 诗中是指超凡脱俗的仙人仙马,凌空飞驰。

2

多少次一个人活着又死去
在他的两个永世之间,
一边是种族,另一边是灵魂,
而古老的爱尔兰对此尽已知晓。
不论一个人是死在床上
还是被步枪当头击毙,
与那些亲爱的人短暂分离
才是他必须恐惧的最可怕的事。
虽然掘墓人的辛劳是漫长的,
他们的铁铲磨利了,他们肌肉强壮,
但他们不过是把要埋葬的人
再一次塞回人类的思想。

3

你们曾听过米切尔的祈祷

"主啊,给我们的时代赐下战争吧!"[1]

也知道当所有的词语都已说尽

一个人陷入疯狂搏斗的时候,

某些东西从盲目已久的眼中掉出

他便完整了他褊狭的头脑,

在那一瞬间他全身轻松,

放声大笑,心中一片安宁,

即便最睿智的人也会变得紧张

心中充满了某种暴力

如果他还没能实现他的命运

了解他的工作或选定他的同伴。

---

[1] 爱尔兰革命者约翰·米切尔(John Mitchel,1815—1875)曾呼吁应该对英国发动"圣战"。

4

诗人和雕塑家努力工作
不要让时髦画家推脱
他的伟大先辈们的业绩,
把人的灵魂交给上帝,
让他把摇篮正确地填满。

测量法开启我们的力量:
一个生硬的埃及人把形式构思,[1]
而优雅的菲狄亚斯[2]造就了形式。

米开朗琪罗留下明证
在西斯廷礼拜堂的屋顶,
那里只需半睡半醒的亚当
便足以撩弄全球奔走的贵妇

---

[1] 可能指生于埃及的新柏拉图派哲学家普罗提诺(Plotinus,205—270),他对神与世、灵与肉、形式与质料等命题的论述有很大影响。
[2] 公元前5世纪古希腊伟大的雕塑家、建筑设计师。

直到她的肠肚烧起欲火,
证明有一种目的已设定
在那秘密工作的头脑之前:
世俗化的人类完善。

十五世纪大师使用油彩,
在上帝或圣徒的背景,
描绘了乐园让一个灵魂安逸;
在那里,眼中所见的一切
是鲜花、绿草和晴朗的天空,
都摹仿着实在的形式,或仿佛
睡眠者已醒来但还在梦中,
而当它消散之后仍旧宣告,
尽管只剩下床铺和床架,[1]
诸天之门曾经敞开。

---

[1] 柏拉图认为,有真实理念的床、木匠的床和艺术家的床;文艺只是摹仿的摹仿,与真理隔了两层。

　　　　　漩涡飞转；
当伟大的梦想已然消逝
卡尔弗特和威尔逊,布莱克和克劳德[1]
为上帝的子民备好了休息之所,
如帕尔默所言,但在这之后
混乱又笼罩了我们的思想。

---

[1] 叶芝关注的几个17-19世纪画家,卡尔弗特、帕尔默学布莱克的奇幻画,威尔逊学克劳德·洛兰的风景画。

5

爱尔兰诗人要练好你们的本行

歌唱各种精心制作的事物,

藐视现今越来越兴盛的那种

从头到脚完全不成样子的东西,

它们那失忆的心灵和脑袋

是低贱床上的低贱产物。[1]

歌唱农民,然后是

策马跋涉的乡下士绅,

僧侣的圣洁,并仿效

黑啤酒鬼的放肆大笑;

歌唱快乐的老爷和夫人,

经过七个豪迈的世纪

他们已被捣成黏土;

要把你们的头脑投向别的岁月

那样我们在未来才能够保持

不屈不挠的爱尔兰精神。

---

[1] 柏拉图认为,灵魂投胎后便遗忘了至高理念世界的真理,要通过回忆来重新学习,进而高飞回归;否则将堕落降级。

6

在光秃秃的布尔本山下
篮岭墓园安葬了叶芝[1],
一位先辈在多年前
是这里的教长;教堂矗立在近旁,
路边有一座古老十字架。
不要大理石,不要传统辞句,
只用当地开采的石灰岩
按他的指示刻下这些文字:

冷眼投向
生与死。
骑手,前进!

---

[1] 叶芝的曾祖父约翰葬在此地。

雕 塑

毕达哥拉斯将它制定。为什么人人注视？
他的数字[1]，尽管都活动或似乎活动
在大理石或青铜中，但缺乏个性。
而少男少女们，因想象的爱情而憔悴
在单人床上，却知道他们是什么，
那激情能给人带来足够的个性，
然后在半夜的某个公共场所把鲜活的
嘴唇去亲吻一张用铅坠量过的面孔。

不！比毕达哥拉斯更伟大的是那些人
以木槌或铁錾给这些计算塑造了
一具看似随意的肉身，并推翻
所有亚细亚式的朦胧巨像[2]，
而不是那些岳峙的桨橹
在萨拉米斯岛与万千浪头搏击。[3]

---

1 古希腊哲学家、数学家毕达哥拉斯认为，世界的本质是数。黄金分割、对称、比例等艺术理念均受到毕达哥拉斯学派的影响。
2 按法语有"澎湃巨浪"的意思。
3 公元前480年，古希腊人在萨拉米斯战役中击败入侵的波斯大军。

欧洲之所以能驱逐波涛只因菲狄亚斯[1]
给女人以梦想,又给了梦想一面镜子。

有一个形象跨越万千浪头,端坐
在热带树荫下,渐生了丰满和迟钝,[2]
不像哈姆雷特食飞虫而瘦,而是一个肥胖的
中世纪的梦想家。那空空的眼球知道
知识增添的只是非现实,而且
镜中之镜像就是照见的一切。
当钟鼓和螺号宣告了祈福的时辰
老母猫便爬向佛陀的空寂。

当皮尔斯[3]召唤库胡林到他的身边
是什么大步走过了邮政局?是什么才智,
什么计算、数字、量度予以回答?

---

1 是文化艺术而非军事力量,使希腊战胜了波斯。
2 希腊艺术传播到东方,影响了佛教雕塑。
3 帕特里克·皮尔斯(Patrick Pearse,1879—1916),1916年复活节起义领袖和烈士之一,他曾在邮政总局广场发表宣言。1935年,爱尔兰政府在广场以神话英雄库胡林的塑像作为纪念。

我们爱尔兰人，生于那个古老宗派
却被投进这个污秽的现代大潮
并被它那无形的、滋长的狂暴所摧毁，
攀上我们固有的黑暗，那样我们才能描摹
一张用铅坠量过的面孔的容貌。

青铜头像

就在入口处的右侧有一尊青铜头像,[1]
人,超人,睁着鸟一样的圆眼,
而其余的一切都已枯萎和僵死。
是怎样的墓中大鬼在遥远的天空飞掠;
(尽管一切已死但那里也许还有些尚存)
但那里找不到任何东西来减轻它,
对它自身空虚的歇斯底里症的恐怖?

从前并非黑暗的墓鬼;她形体丰满
仿佛充盈着宽宏大量的光明,
但又是最温柔的一位女子;谁又能说清
哪一种形体才恰当表现了她的本质?
或许那本质可能就是个复合体,
深奥的麦克泰格特[2]这样认为,在呼吸之间
一口气就抓住了生与死的极限。

---

[1] 都柏林市立美术馆有一尊晚年茉德的青铜色石膏头像。
[2] 英国哲学家麦克泰格特(John McTaggart,1866—1925)认为一切物质都是复合的。

但即便在起跑点，一切还光洁崭新，
我仍看到她心中的那份狂野，我认为
它必定承受着一种恐怖的幻象
以至于毁掉了她的灵魂。相似性已把
想象力引上一个高度，让它抛弃了
不属于自己的一切：我已陷入狂野
并喃喃着四处彷徨，"我的孩子，我的孩子！"[1]

要不我会认为她是超自然的；
仿佛有一个更无情的眼睛从她眼中察看
这个污糟的世界怎样腐朽和堕落；
看瘦弱的树干长成魁伟，魁伟的变成干枯，
祖传的珍宝全都扔进了猪圈，
豪迈的梦想被小丑和流氓戏仿，
然后便怀疑还剩下什么可以用大屠杀来拯救。

---

[1] 叶芝有时把茉德视为小孩。"她是我的纯真，我是她的智慧。"

幽 灵

因为嘲弄最安全
所以我谈到一个幽灵,
我才懒得费劲去说服谁,
或让有头脑的人觉得能说会道,
不信任那种大众化的眼光
无论它有多无耻或狡猾。
我总共见过十五个幽灵,
最可怕的是一件大衣挂在衣架上。

我从没发现什么能有半点
好过我盘算已久的半独居生活,
那样我可以和某个懂得风趣的朋友
一起熬到半夜三更,
我说的话莫名其妙

而他的神色从不露馅。
总共十五个幽灵我曾见过,
最可怕的是一件大衣挂在衣架上。

当一个人渐渐衰老,他的快乐
一天比一天藏得更深,
他那空虚的心终于充实了
但他需要的是全身力气,
因为那渐增的黑夜
正打开她的神秘和恐怖。
总共十五个幽灵我曾见过;
最可怕的是一件大衣挂在衣架上。

(诗集结束,但诗意永存)

Addendum

译 记

"世界会因为我没有嫁给你而心怀感激"

罗池

爱本身如此神圣，使得一名诗人可以用诗歌之光照亮其他人的灵魂。无论我们以前对诗有多么外行，但只要我们处在爱情之中，那么每个人都是诗人。

——柏拉图

在人类精神世界的某个光明领域，思想扎根，语言盛开，风中飘曳着无穷的想象，人们把这个领域称为"诗"。诗人们身着空灵的华服，只用那些生于真幻之间的形象进行交谈，当诗人的身体死去之后，他们也化为形象，汇入一个更大的工程。

在这个行列中，20世纪英语文学巨匠、爱尔兰诗人威廉·巴特勒·叶芝（William Butler Yeats，1865—1939）以毕生的辛劳完成了他应尽的功绩。

靠耕耘一片诗田
把诅咒变为葡萄园，

在苦难的欢腾中
歌唱着人的失意；

从心灵的一片沙漠
让治疗的泉水喷射，
在他的岁月的监狱里
教给自由人如何赞誉。[1]

他的妻子乔吉曾告诉他："你是一个好诗人但不是圣人。我想每个人都要做出选择的。"而叶芝本人已做出了他的选择，他选择诗歌，并把另一半自我与诗歌命运相连。对自己一生创作的"首要原则"，叶芝总结道：

一个诗人所写的不外乎他的个人生活，他最杰出的作品就出自这生活，无论悲剧、懊悔、苦恋抑或纯粹的孤独；但他从不像早餐桌上的某某那样直话直说，而是总戴着一副奇花幻镜[2]。……他决不是那一类偶然的散乱的坐下来吃早餐的人；他已经化身为某种理念，意图明确又条理完整。[3]

---

1 W.H.奥登，《悼念叶芝》，查良铮译。
2 一种古老的舞台幻灯，比喻迅速变幻的想象。
3 《叶芝文集·自传》，p9。

从这段话来看，叶芝的诗歌就是他的自传，他的生活就是一场文学实践，但他的诗歌既是生活又不仅是生活，不是漫无条理、缺乏必然性的庸常琐碎，而是透过一副幻镜进行了升华的形象。一个男人和一个诗人在叶芝的身上共生，并互相塑造，互相使对方得以完整。而叶芝这一生的"最杰出作品"，他的诗性人格却被他定义为一个失意的爱者，在悲剧、懊悔、苦恋和纯粹孤独中凄吟。最糟糕的生活产生最杰出的诗歌，难怪他还曾经抱怨："写作已毒害了我的青春！如果早点停止写作，我本可以做个更幸福的人。"[1]

---

[1] 《威廉·巴特勒·叶芝研究指南》，p67。

但只有一个人爱你那追寻的心

"在我23岁那年,困扰我一生的烦恼开始了。"

叶芝在《回忆录》中以这样的句子开始回顾他和一位女子的宿命中的初次相逢。那是1889年1月30日,伦敦近郊贝德福德花园一座优雅的新式洋房,一位年轻姑娘、爱尔兰革命者,带着都柏林同志的介绍信前来拜会叶芝的父亲。

> 我从未想过能见到一位这样的女子,竟有如此惊人的美。这种美原只属于那些杰出的名画、诗歌,和传奇中的往昔。她的肤色如同苹果花一般,而面容和身形的轮廓之美却有着布莱克所说的最高美感,那是最不会因青春和衰老而改变的,再加上修长的身材,一眼看去,她仿佛来自神女的族类。她的动作仪态跟她的容貌一样出众,让我总算明白了为什么我们对心爱的女子只会谈及相貌和身材,而古典诗人却会歌赞她的举手投足宛如一位女神。[1]

---

1 《回忆录》,p40。

她就是茉德·冈尼（Maud Gonne，1866－1953），才貌在爱尔兰知识青年圈子里已有盛名。今天，叶芝终于见到了真人，除此之外，他已傻傻地记不清她当时与他父亲争论的政治话题。之后，茉德邀请叶芝到她的寓所共进晚餐，因为都柏林的朋友已多次向她推荐过这位才华横溢的青年诗人。叶芝欣然赴约，然后一连吃了9天的晚餐。多么美好的餐叙。他们一同谈论戏剧，茉德希望有机会在都柏林的舞台上一展表演天赋，叶芝构思了一部取材于爱尔兰传说的英雄剧，他想让她主演女王，他想成为爱尔兰的维克多·雨果。他们还各自抒发了自己的理想，茉德的政治观念和权力意识，叶芝的神秘哲学，对某种深刻存在的揭示和沟通。

叶芝对她一见钟情，但事到临头却又是个"慢热"的人。当时，茉德经济宽裕，常年奔走在法国、英国、爱尔兰各地，而卖稿为生的年轻诗人却无法追随她的脚步，只能求告于通信。

> 我没有钱。我的全部收入都在爱尔兰花光了，但现在我不是尽可能快地挣钱，而是把大部分时间用来给她写信。我相信，若是我能告诉她我所有的思想、所有的希望以及抱负，她就再也不会离开我了。[1]

---

[1] 《回忆录》，p50。

茉德的来信大多使用印有族徽压花的专用信笺，族徽上的祖训是"坚忍和希望"（Ferendo et Sperando），这从一个小侧面反映了茉德的性格。1891年，叶芝不断地听说茉德·冈尼在爱尔兰到处串联、演讲，煽动佃农反抗地主，在上流圈子里名声很糟糕，种种传闻令他愤怒不已。他还听说她累得大病了一场。7月，叶芝赶来都柏林，再次见到了茉德：

> 当我第一眼看到她正从房门走进来，她高高的身子仿佛充满了门框，一阵激动，一种带着怜悯的狂喜把我完全压倒了。她不再显得具有任何的美，她的脸庞消瘦了，露出面骨的形状，而且她的动作也没有活力。随着我们的谈话更加亲密，她暗示了某种悲哀，某种幻灭感。过去那种洪亮的共鸣声已经消逝了，她现在变得温顺和慵懒。我再一次坠入爱河，并且不再希望与之搏斗了。我不再去思虑这个女人会成为怎样的一个妻子，我只管去想她需要保护，需要安宁。[1]

1891年8月3日，叶芝向茉德求婚，但女方说自己终身不嫁，只愿意和叶芝做朋友。

---

[1] 《回忆录》，p45。

那天傍晚,就在我们见过面之后没几分钟,我请求她嫁给我。我还记得些古怪的事情。我走进房间的时候,头脑里满满都是那个决心,没怎么敢看她,或者想及她的美貌。我坐在那儿握住了她的手,然后热切地说了出来。好一会儿,她并没有拿开她的手。我的话说完了,沉默地坐着,我感觉到她那样近,靠着我,感觉到她的美。一时间,我明白我的信心已经玩完了,瞬间之后她把她的手抽了回去。不,她不能结婚——有很多原因——总之她绝对不会结婚;但是她用语言,而非常规的戒指,请求获得我的友谊。[1]

不久,茉德急匆匆赶回了巴黎,她告诉叶芝,法国的地下党在召唤她,随后在信中又告诉叶芝,她的养子小乔治夭折了,她悲痛欲绝。(8年后,叶芝才知道茉德一直对他隐瞒她的真实生活。)直到10月初,茉德回都柏林参加爱尔兰革命领袖查尔斯·帕内尔(Charles Stewart Parnell,1846—1891)的葬礼,叶芝又见到了他朝思暮想的心上人,但她仍旧沉浸在丧子之痛中不能自拔,不惜求助于各种秘教通灵术。

---

1 《回忆录》,p46。

看得出来，她已经开始需要我了，我毫不怀疑这种需要会变成爱情，而且它已经在朝这方面变化了。在我观察她的时候，我甚至有一种残酷的感觉，仿佛我是一个猎人捕获了某种野性的美丽生命。……按某个秘教宣传，若是秘密地专门追寻那些最为深奥和微妙的心灵，超凡的美就会对他人具有象征性和神秘感，对我来说就总是如此。[1]

随后，叶芝送给茉德一本手工制作的羊皮纸小册子，书名《精神的火焰》，收入了七首诗，其中包括一首后来传颂世界的情诗名篇：《当你老了》（见本书第29页）。

诗歌的一开头，"当你年老头白"（When you are old and grey）迅速地拉开时空，把新近发生在两位主人公身上的求婚风波，远远抛到了深远浩瀚的时间假设之中。这个起句出自《旧约》，如："神啊，我到年老发白的时候，求你不要离弃我"[2]，"直到你年老发白，我仍将这样怀抱你"[3]。来自宗教传统的文脉联系更添加了一种凝重的笔墨，它意图表明，这段关于爱情问题的超时空奇想或许会略有不敬，但它的本质

---

[1] 《回忆录》，p49—p50。

[2] 《旧约·诗篇》第71章第18段。

[3] 《旧约·以赛亚书》第46章第4段。

是虔诚的。

"追寻的心"(pilgrim soul)一语,用在茉德·冈尼身上绝不仅仅是所谓"朝圣者的灵魂",而是叶芝眼中看到、理解到的她那种不安分的、反叛的精神和人格,以及她为着民族解放事业四方奔走、不懈不倦的追求。她始终是爱尔兰独立运动中的一个异类分子,根本不需要在巴黎、伦敦、都柏林那些衣冠楚楚的革命政客之间巡礼和朝拜,她本身就是爱尔兰的圣女贞德。作为一个才貌双绝的女子,她身上体现的是人类的卓越个性;哪怕因为劳累、疾病和孤独,她一时间也会意气消沉、眼窝深陷、面容憔悴,但在诗人的眼中仍旧闪露着一种令他怜悯又令他激动的"忧伤"——这也许就是茉德信笺上的祖训:长守坚忍,永怀希望。叶芝就这样对他心爱的女子唱出了古典的赞歌。

"通红的炉挡"(glowing bars)是双关语,既指壁炉前的用具,也是指《精神的火焰》中那些炽热的音符。叶芝对自己的诗才始终是心高气傲的,他或许认为,自己这一片衷心和一纸雄文,足以让心上人对他点头应允。

我曾有一位美丽的朋友

在叶芝与茉德恋情的第一个十年,那感人肺腑的伟大单相思背后实际上是一种幼稚单纯,他屡败屡战的坚持也许出于某种"情怀",出于他在青春期形成的某种想象:

> 那时我想象中的女子,她们都是以我喜爱的那些诗人为模型,并在短暂的悲剧中被爱,或者像《伊斯兰的起义》中的那个姑娘[1],陪伴她们的情人穿越种种险山恶水。无法无天的女人,没有家也没有孩子。[2]

叶芝当然也希望跟茉德一起开创一番雄心勃勃的大事业,但成功的总不如失败的多。1892－1893年,他们携手加入了爱尔兰民族文学会旗下的乡村图书馆项目,一面商讨书目、募集捐助,一面走入各地乡镇。本来很美好的事情,结果,因为叶芝对选目的傲

---

[1] 雪莱长诗《伊斯兰的起义》(The Revolt of Islam, 1817)中的女主角茜丝娜和爱人一起反抗暴政,后来双双被烧死。
[2]《叶芝文集·自传》,p80。

慢固执和对其他男同事的疯狂嫉妒,惹得茉德跟他大吵了一架,然后抱病跑回了法国,留下叶芝在那里茫然失措,不知所以。

> 当我 27 岁回到伦敦的时候,我想我的爱情看来已毫无希望了,我所认识的朋友个个都有这样那样的情人,而且有需要的话,大多数人还会带妓女回家。老实说,只有亨里[1]才能嘲笑其他人的生活。我自从童年之后再也没有吻过一个女人的嘴唇。那天,我在锻铁街看到一个城里女人在空荡荡的火车站走来走去。我想要不要把我奉献给她,但是那个老念头又冒出来了,"不行,我爱着世界上最美丽的女人"。[2]

随后几年,茉德在巴黎抱病不出,越来越疏远叶芝,而叶芝去巴黎找茉德,却硬是傻傻地没看出任何缘由(实际上茉德躲开叶芝是因为与人怀孕生子)。

> 我没法说得出茉德·冈尼为什么对我变了心,除非她这样做是出于某种莫名的欲望,去追求某

---

[1] 威廉·亨里(William Ernest Henley, 1849—1903),英国诗人、出版家,童年时因骨结核截去下肢,有名诗《不可战胜》。
[2] 《回忆录》,p72。

种不可能的生活，或某种不变的刺激，就像我这部戏剧中的女主角[1]。……她已经在法国待了很久了，而且，我听说她又病了。我见到了她，还有我们的亲友，他们足够友善，但却没有过去的亲密。我记得跟她一块去找某个朋友，然后注意到她上楼梯的时候很慢，而且有些困难。[2]

"爱情令我保持假惺惺的独身。"1894年4月16日，叶芝在伦敦文艺圈的一次聚会上见到了一位女作家，奥莉维亚·莎士比亚（Olivia Shakespear，1863－1938）。

经同仁牵线，两人相识并结成亲密的笔友。叶芝的来信已经写成了"无意识的情书"，但奥莉维亚早已嫁为人妇，并且有一个8岁的女儿。私下里，叶芝把她称为（月神）狄安娜，不敢向朋友透露她的姓名。经过一段漫长的、习惯性的踌躇思考，他才决定向奥莉维亚求爱。

叶芝和奥莉维亚的关系急剧升温。第一次约会旅行，她吻了他。"她给了我一个长久热烈的亲吻，我惊呆了，有些震撼。"两人甚至开始计划在一起共

---

[1] 叶芝戏剧《心欲之乡》（1894），新婚的玛丽·布鲁恩受了仙童的诱惑，想抛弃短暂的现世生活，进入永恒仙境。
[2] 《回忆录》，p73。

同生活，奥莉维亚考虑等到老母亲过世之后就跟他私奔，但现在最好还是先瞒着她的丈夫。1896年2月，叶芝在伦敦的市井陋巷沃本街租到一间廉价公寓，据说，他是那条街上唯一会收到信件的人。叶芝在那里住了20年，每个星期一晚上的叶芝沙龙成为伦敦青年文化圈的盛事，但他搬到这里的最初目的却是跟奥莉维亚共建爱巢。他们一起添置家什，布置新居，"每样采购都是她跟我一起决定的，我记得在托特纳姆街，当着某个店员的面，我们就床铺的宽度发生了一次拮据窘困的对话——每增加一寸就要贵好多钱呢。"[1]

30岁的叶芝跟奥莉维亚初尝了鱼水之欢，唯一不足的是他发现自己有点"不行"。"我的神经兴奋状况太令人痛苦了，看来我们最好还是坐下来只喝喝茶说说话。"这个问题实际上也是叶芝一辈子的焦虑所在，不过当时还好，"我的神经质后来没有再犯，我们享受了许多幸福的日子。"[2]

于是，1896年春，爱尔兰的圈子里盛传叶芝在伦敦跟一个寡妇结婚了，甚至茉德听闻"喜讯"之后也不乏醋意地从都柏林写了信来：

---

[1] 《回忆录》，p88。
[2] 《回忆录》，p88。

一开始，我认为这是不可能的，因为才在伦敦见过你，我觉得既然我们是那么深厚的朋友，如果有的话你肯定会告诉我。但反过来又想想，像婚姻这样荒谬的事情，顶多不过是人生中的一个小小细节（我经常想，只有一个傻瓜才会愿意耗费大量的精力和时间去解脱自己制造的锁链），所以你很有可能确实结了婚，但是，我并不认为这件事情重要得到了需要跟我谈论的地步。好吧，就当你是这样，我不会恭喜你的，也不会致以哀悼，我只希望这不会给你的人生、事业或性格带来任何改变。而我就要出发去爱尔兰西部了，我每天都将在不同的地方漫游。[1]

叶芝和奥莉维亚的小甜蜜只持续了一年。1897年2月，茉德·冈尼回到伦敦，叶芝又再次陷入了旧情的纠葛之中：

茉德·冈尼写信给我；她在伦敦，问我愿不愿意与她共进晚餐。我跟她去吃了，而我的烦恼也增加了——她肯定从没想过她这是在制造怎样的伤

---

[1] 《冈尼—叶芝书信》，p60。

害。然后,有一天早上,我没有像往常那样大量地阅读爱情诗,这是我从前用来恢复坏情绪的一种方式,我写信。我的朋友[奥莉维亚]发现我总不回应她,便泪流满面。"你的心里还有别人。"她说。这道裂痕在我们之间横亘了很多年。[1]

叶芝为此写下了《爱者伤悼爱的失去》。

---

[1] 《回忆录》,p89。

责任始于梦

茉德复出之后,带着叶芝投入了新一波的爱尔兰独立斗争。"1897年到1898年间,我始终处在刚刚抵达或者刚刚前往某个政治集会的途中。"叶芝在革命加爱情的大道上狂奔,这是他与女神最接近的一段日子。

1898年12月6日,叶芝梦见茉德吻了他。这是一件多么美妙的事情,但却引出了一场大逆转:

> 一天早晨,我醒来时,恍惚记得她的脸庞俯在我面上的图影,而且意识到她刚才吻过我。……[傍晚]她说,"你昨晚有没有做了个奇怪的梦?"我说,"我今天早晨有生以来第一次梦见你吻了我。"她没有回答,但是当晚用过了晚餐我准备回去的时候,她说,"我告诉你发生了什么吧。昨晚睡着以后,我看到床边站着一个巨大的灵像。他把我带到一大群灵体当中,你也在里边。我的手被放到你的手里,然后他们告诉我,我们成婚了。之后我就不记得了。"就在那时,就在那里,用肉体的嘴唇,她第一次吻了我。

第二天，我看到她非常苦闷地坐在壁炉旁。"我不应该那样跟你说话的，"她说，"因为我不可能做你现实中的妻子。"我说，"你是不是爱着别的人？"她说了声"不是"，但又补充说确实有另外一个人，而她不得不把一颗心分成两半。然后，她一点一点地透露了她的人生故事，那些事情我曾经从流言蜚语中听说过了，但一直都不相信。[1]

茉德告诉叶芝，她19岁时便主动爱上了一个名叫米勒瓦（Lucien Millevoye, 1850–1918）的法国政治文人。为了掌握自己的命运，她曾朝拜魔鬼，因此咒死父亲，然后去了巴黎，成为米勒瓦的情妇，但从此性爱变成折磨。然后（就在认识叶芝之后两三个月），她怀上了米勒瓦的孩子（曾对叶芝说是养子），原以为这样就可以结束一切，带上孩子离开，回到爱尔兰，但孩子夭折了（1891年8月31日）。这之后她也跟别人好过——叶芝想，要是我能得到这样的便宜婚约就好了——但是也很快分手。茉德听说死去的孩子可以重生，于是又回头找米勒瓦在墓亭下面做爱。后来，他们又生了一个女孩（1894年8月6日，伊素特出生，对外称是养女）。她已经和米勒瓦分开

---

[1] 《回忆录》，p131–p132。

了，但是女儿现在还需要他。

倾听着这一切，叶芝当时细心地"像姐妹那样"安抚茉德。他知道，她这时候的靠近不是一时激情冲动，而是寻求对她的良心的肯定。然而，他本人的内心在听闻了这些真实流言之后又是怎样的震荡呢？当日，叶芝给友人格雷戈里夫人写信，他表现得很坚强："我现在一切都明白了。我能说的只是如果我为自己难过，那我为她还要更难过得多。我开始理解她，并且钦佩她，尽管我以前没能做到。与昨日相比，我的人生是一个更加艰苦的难题了。"一周后，叶芝在信中才开始诉苦："我感觉就像一条被砸烂的破船那样，桅杆被连根折断。"[1]

那无疑是艰难的一周，叶芝至少在现存所有资料中不曾责备过茉德，他只是使尽了浑身解数，想为迷雾中的爱情找一条出路。因为他们一直都宁愿相信冥冥中有超自然的存在，相信彼此在梦中的相遇，各种降神、通灵的迷信大法都被叶芝和茉德用尽了，甚至有一卦显示，他们在出生前本是一体的。然而，所有的占卜都未能显示他们会有幸福姻缘。

---

[1]《见习巫师》，p201—p203。

有一天，到底哪天我不记得了，我们在一块打坐，她说，"我听见有个声音说，'你要接受灵矛之祭。'"我们都沉默了；一个双重的灵象既不自己开解，也不声言，直到一切结束为止。她感到自己是一块大石像要在火焰中行走，而我感到自己变成了火焰，越烧越高，直从密涅瓦[1]巨石像的眼中瞭望。在人类生命的背后矗立的那些存在，会努力把我们连结在一起吗？抑或要我们在自己的梦中把它实现？她现在总是非常深情，而且非常温柔地吻我。在她离开的前夕，我们谈及了婚姻。她说，"不，这对我来说是不可能的。"然后，她攥紧双手，"我对肉体的爱有一种厌恶和恐惧。"……格雷戈里夫人让我不要离开茉德·冈尼，直到我取得她的婚约，但是我说，"不行了，我已精疲力尽；我已做不了太多。"[2]

但1899年2月，叶芝又追到了巴黎，终于亲眼见证了茉德秘密生涯的更多细节。他依然屡次求婚，也依然被敬谢不敏。叶芝明知真相之后的孜孜以求，无疑是真爱使然，但在此际已经多了一分变化——他开始

---

[1] 密涅瓦（Minerva），古罗马神话中的智慧女神和诗歌、艺术之神。此处比喻茉德·冈尼。
[2] 《回忆录》，p134。

扛起某种勇于担当、无怨无悔的骑士精神,他不能眼看着茉德为了那个乏善可陈的法国佬而白白牺牲掉她的幸福。

自从那一次他们以梦为媒获得亲密接触、互诉衷情,叶芝和茉德之间建立了某种"灵婚"关系,他们经常交流每天做过的梦,在梦里相约相依。叶芝有一部诗集名为《责任》(1914),题词:"责任始于梦",也许他的责任便是始于他和茉德一同做过的那些梦。

随后几年似乎岁月静好,叶芝写诗、排戏、开会、喝茶,每天早睡早起,等待在梦中与茉德相会,然后在信中交流他们的造梦心得,但仍旧坚持每隔几个月向茉德求婚一次。这是1901年5月又一次求婚时的情景,茉德在她的自传《女王的仆人》(1938)中记下了他们的对话:

> "你的脸庞疲惫而消瘦;但你一直还是那么美,比我见过的任何人都要美。你是天生的。哦,茉德,为什么你不肯嫁给我,然后放弃这种凄苦的斗争,去过一种安宁的生活呢?我可以给你带来非常美好的生活,在艺术家和作家的圈子里,他们更加理解你。"
>
> "威利,你老是提这样的问题不累吗?我都跟

你说过多少次了，感谢上帝啊，我是不会嫁给你的。跟我在一起你不会幸福的。"

"没有你，我不会有幸福。"

"哦，不对，你幸福的，因为你从你所谓的那些不幸中写出美丽的诗歌，然后你就在其中得到幸福了。婚姻是一件相当无趣的事情，诗人根本就不应该结婚。世界会因为我没有嫁给你而心怀感激。我还想告诉你一件事情，我们的友谊对我来说意义非常重大。在我需要帮助的时候，它经常能给我帮助，那种需要也许比你或者任何人所知道的都更加强烈，因为我从没有谈过甚至想过这些事情。"[1]

那一次，叶芝在伦敦拜访茉德姐妹，三人畅谈了诗歌、佳人以及爱情，说到了爱情，自然就有了上面求婚的对话。这是叶芝的一次习以为常的失败，但在他的诗中，写法开始跟早期作品不一样了，更现实，也更真实。

也许是恋爱不幸诗歌幸，叶芝的个人风格在20世纪头几年走向成熟，以《受人安慰的愚蠢》《亚当的诅咒》为代表的一批作品，"开始作为一个具体的人说话并且开始对人说话"（T.S.艾略特语）。他在抒情

---

[1] 《人与诗人》，p128—p129。

诗中糅合对话和剧场效果,出现了一种复杂和紧张的艺术气质,多种不同的声音和情绪在同一首诗中合成共鸣。

如一张绷紧的弓

叶芝的内心一片火热。殊不知，茉德正在清清淡淡地与叶芝保持和扩大着彼此的距离。她非常珍视他的友谊，"但是一分钟也不可能想象嫁给他"。

1903年2月7日晚，叶芝正准备发表题为《爱尔兰戏剧的未来》的演讲，上台前他收到茉德的一封电报：她已经跟别人订婚了！叶芝顿时感到如五雷轰顶。他硬撑着上台读完了稿子，然后接受与会人士的恭维，但是却不知道自己都说了些什么。散场后，叶芝独自一人在街上走了很久。

此前，茉德从来没向叶芝透露过她的婚讯，直到那一刻才突然宣布。她这次正式选择的男人是约翰·麦克布莱德少校（John MacBride，1868－1916），刚从布尔战争中归来的抗英战斗英雄，爱尔兰"共和派"激进分子，他似乎具备叶芝所缺乏的一切优点，虽然也缺乏叶芝所具备的一切优点。其实早在1901年春，英雄与美人就曾共赴新大陆巡回讲演，茉德当时便已经答应了麦克布莱德的求婚；《亚当的诅咒》一诗发生的那晚，她之所以拒绝叶芝，不仅是"世界会因为我没有嫁给你而心怀感激"，更重要的是她已经有人了。

那些天，叶芝给茉德写了多封长信，"我以14年友谊的名义，请求你读这封信吧，它也许是我写给你的最后一篇"[1]。他苦苦哀求，但无济于事。2月21日，茉德如期在巴黎举行了婚礼，随后麦克布莱德带她前往直布罗陀，以度蜜月为掩护，密谋刺杀同期访问直布罗陀的英国国王。因计划不周密，他们白跑了一趟。大多数亲友都不看好茉德跟麦克布莱德的结合，婚后才两个多月，茉德便找到叶芝长谈，诉说婚姻之苦。1905年初，茉德提出离婚诉讼，但最终只得到分居协议，叶芝为这件事出了很大的力。

在最绝望的时候，叶芝怀着愤懑的心情写出了像《绝不能献出全部真心》《哦，不要爱得太久》这样的伤心之作。5年后，当他们熬过了这一关，叶芝的诗笔才直面这段历史，写下了《和解》这首诗。

茉德的那封电报确确实实对叶芝构成了个人创伤和公开羞辱，他多年来创作、发表、朗诵过的那些美化、神化了叶芝/茉德关系的美丽诗篇在一瞬间全部崩溃。人人都知道那时叶芝被茉德甩了，但最后他本人仍在坚持为自己心中所爱的人发声辩护。

可能在1907年、1908年或1909年的某段时期，叶芝和茉德的关系发展到了顶峰，他们不仅重续灵爱，

---

[1]《冈尼—叶芝书信》，p164。

并且在肉体上也曾实现过圆满。

关于叶芝是否最终与他的"海伦"茉德在肉体上共赴巫山，当事人留下的信息非常隐晦。但不管怎样，叶芝和茉德之间巨大的地理分隔、信仰差异和政见不同，以及茉德尚未解除的婚姻，以及她对男性肉体的恐惧等，这些始终阻拦着他们在人到中年时真正重新走到一起。也许，"精神之爱"才是他们得以携手的道路，如1908年12月在他们的一次相会又分别之后茉德给叶芝的信中所说：

你昨天问我，是否会对那些隔在你我之间的东西感到有些悲伤——我难过但是又开心。彼此的长远分离是那样的艰难，很多时候我感到孤独得可怕，并且渴望跟你在一起——现在我就是处于这种时候——但是亲爱的，我又开心和骄傲，[因为你]超越了你的爱情的量度，而且要足够强、足够高才能接受我提出的精神性的爱与结合。

我曾苦苦祈祷，要把所有尘俗的欲念从我对你的爱中清除出去，最亲爱的，我很爱你，我曾经祈祷过，而且我此刻仍在祈祷，把肉体欲念从我也从你那里清除掉。我知道对一个男人来说，当肉体欲念消逝之后还坚守精神之爱，是非常艰难和罕见的事情……

我的内心斗争结束了，我已经获得了安宁。今天我在想,我可以让你跟别人结婚,同时又不失去它——因为我知道我们之间的精神结合将比此生更长久,即便我们再也不能在这世上见到对方。[1]

另外,在他们漫长的通信中,茉德还多次敦促叶芝专注诗歌创作,她认为叶芝的诗歌对于爱尔兰民族的意义要比他的戏剧重大"一百倍",规劝他不要将大量的精力耗费在戏剧上。而叶芝却一心扑在戏剧上,奔忙于剧本、剧团、剧评……以及漂亮的女演员们,他确实先后与戏剧明星弗洛伦丝·法尔(Florence Farr,1860－1917)、临时演员梅布尔·迪金逊(Mabel Dickinson,1875－?)发生了非精神性的实体恋爱。

---

[1]《冈尼—叶芝书信》,p258－p259。

一种可怕的美诞生了

1916年4月24日,复活节,爱尔兰"共和派"发动大规模起义,宣告成立了独立的"爱尔兰共和国"(Irish Republic)革命政府。起义在6天后遭到镇压,大批志士被捕处死,其中包括茉德的丈夫约翰·麦克布莱德。这个事件当然也撼动了叶芝的心灵,"我想不出还有哪一个公共事件能够这样深刻地触动我"。尽管他本人一贯反对"共和派"极端组织发动武力夺权的政治策略,但经过数月的酝酿之后,他还是怀着一种矛盾复杂的心情,用一份诗体的政治声明——《1916年复活节》(见本书第134页)来歌颂那些为了爱尔兰的独立自由而诉诸行动的死难者。

此外,他还深知茉德的心里始终有一块不肯轻易放下的石头,叶芝在诗中以一种劝慰来表达他对茉德的理解和爱意:

> 所有的心都为着一个目的
> 但历经酷暑严寒仿佛
> 中了魔法变成石头
> 来阻挡那鲜活的溪流。

……

太漫长的牺牲

会把心变成一块石头。

——《1916年复活节》（1916）

尽管理念不同，但茉德对叶芝的关怀还是深感欣慰，她在晚年回忆道：

> 在诺曼底的海滩上，他给我念这首诗，这是他昨晚熬了一个通宵才完成的，他恳求我忘掉那块石头以及它的内在火焰，要抓住生命中那闪亮的、变幻的喜悦，但是当他发现我的头脑里还昏沉沉地装着那块来自爱尔兰的顽固执念的石头，他更加体贴和善解人意，一如既往地帮助我克服身体疾痛、解决困难，就像在伦敦的时候一样，我们走了很远。[1]

不过，当茉德读到叶芝这篇《1916年复活节》的发表稿之后却被惹火了，她在11月的一封信中开门见山地表达了自己的不满：

> 不，我不喜欢你的诗，它配不上你，而且它

---

1 《叶芝爱情诗中的性别与历史》，p127。

也根本配不上它的标题——尽管它或许反映了你当前的思想状态，但是它却相当不够真诚，因为像你这样研究过哲学并对历史有所了解的人应该非常清楚，牺牲从来不会把一颗心变成石头……你把你现在的情绪搞得乌糟混乱，甚至有些诗句对多数人来说难以卒读。连伊素特看了都无法理解你的思想，还要我来向她解释你那套在事物的湍流中永存着改变和生成的理论。……你的诗里有很多漂亮的句子，就跟你的所有作品一样，但它不是一个伟大的整体，也不是我们的民族所珍视和传颂的一个活生生的事物，这才是像你这样的一位诗人应该给予你的民族的，它将用它那精神的美来为我们的失败复仇。[1]

尤其令茉德反感的也许是，叶芝诗中将烈士们的形象描述成"贫瘠、僵化的头脑"，而且未免不够庄重。更有甚者，他在诗中怪腔怪调地列数了茉德前夫、死者麦克布莱德的缺点，称他为"一个酒鬼，虚荣的蠢货。他曾犯过最卑鄙的罪恶，对我心中最贴近的那个人……"茉德义正词严地告诉叶芝："说到我的丈夫，他已经通过那一道由基督开启的牺牲的大门

---

[1]《冈尼—叶芝书信》，p384—p385。

进入了永生,也因而赎了一切的罪。"可见,茉德心里的"石头"根本就不曾放下,因此她真正就像叶芝命里的克星一样,随时准备着抓起她的那块石头,把他的满怀浪漫敲个粉碎,而这一次是非常罕见地砸向了叶芝最为得意,也是她最为赞许的诗歌。

在政治上,叶芝与茉德始终和而不同,一个保守派,一个激进派,最后越离越远,这也许就是他们有缘无分的根本原因。茉德对此的总结是:

> 我们都同样为这块土地的神秘力量所充满着。对我来说,爱尔兰是一个被严密看守的母亲,她必须要从异国的奴役中获得解放、获得自由,才能保护她的孩子们;对威利[叶芝]来说,他更关注土地而不是人民,他的爱尔兰是一个高不可攀的、美到极致的美人,而他必须要努力表现出这种美,让世界都来膜拜。[1]

---

[1]《叶芝爱情诗中的性别与历史》,p71。

一只花斑猫和一只乖乖兔

其实,写作《1916年复活节》一诗的那段时间,叶芝正在茉德的诺曼底别墅跟她和子女们度假,那里远离战火和牺牲,他们享受着一小段温馨的时光。由于麦克布莱德的牺牲,茉德成为寡妇,总算是正式解脱了一场不幸的婚姻。可能在那个春夏,他们再一次发展了浪漫。7月1日,叶芝向茉德求婚,但仍旧一如既往地被拒绝了。这大概已经是他最后一次向茉德求婚了,但叶芝似乎对这种习惯性的失败已经不以为意,他开始转而考虑茉德那位正当22岁妙龄的女儿伊素特(Iseult Gonne,1894-1954)。

伊素特天生丽质,但成长孤苦,起初茉德都不敢对外界承认这是她的亲生女儿,只说是在法国收养的;后来茉德再婚,伊素特又备受继父的虐待,或者性骚扰。唯有叶芝爱屋及乌地对这个可怜的小女孩用心维护,甚至不惜诉诸法庭,以至于当时坊间盛传伊素特实际上是叶芝和茉德的女儿。

"我的生命之光,我的欲念之火。我的罪恶,我的灵魂。"[1] 叶芝在后半生痴迷上了年轻姑娘。叶芝每年到茉德的海滨别墅度假,这也是他与伊素特姑娘的烂漫时光。15岁时,伊素特就曾反过来向叶芝求婚,他当然拒绝了,说那是因为伊素特这几日的星盘上火星太盛,命犯桃花。[2] 绵绵海滩上,那一派天真、纯洁、无邪,简直就是叶芝早年向往的青春岛仙境的永生永乐的真实再现。

但是当叶芝年届五旬之后,不知道是在怎样的现实动机促使之下,他的爱情观从浪漫求爱逆转为求婚成家。1916年8月,当他一如既往地受到了茉德的拒绝之后,叶芝转而向茉德的女儿伊素特求婚。伊素特很兴奋很得意,但是却没有上钩,她对闺蜜说:"三十岁的差距实在是有点太大了,所以我当然要说'不',但这话似乎对他没多少效果啊,他在这方面已经丧失鉴别能力了;所以我相信他这样做,只不过是为了遵循他给自己编造的那一套发神经的文雅礼节。"[3]

经过这样的几个回合之后,叶芝面对了失败。他只好重新做回一个好朋友、好叔叔的角色,给自己另外寻找一个意中人,同时帮助伊素特在伦敦介绍工作,默

---

1 弗拉基米尔·纳博科夫,《洛丽塔》(1955)。
2 《人与诗人》,p190。
3 《威廉·巴特勒·叶芝研究指南》,p466。

默关注她身边围绕的不良男子，闲时为她写诗。

1917年9月，叶芝陪同茉德母女从诺曼底回到伦敦，其间伊素特已经对他说出了明确的回绝。9月26日，因屡战屡败而心力交瘁，又不惜一切代价急于成家立嗣的52岁老叶芝向另一位小才女乔吉提出求婚。

时年25岁的乔吉（Georgie Yeats，1892—1968）是叶芝前女友奥莉维亚·莎士比亚的继侄女，在叶芝和埃兹拉·庞德等人指导下，年轻的乔吉曾贪婪地吸收伦敦现代文艺圈子的丰厚营养，并加入了叶芝所属的"黄金黎明秘教会"。此外，乔吉对这位大诗人已心怀情愫，心里早有嫁给叶芝的梦想。所以，尽管她对叶芝和伊素特之间新近发生的纠葛知之甚详，但她还是立刻就应允了叶芝的追求。很快，10月20日，叶芝和乔吉登记结婚。

实际上，这一桩突如其来的姻缘还是大大地出乎了所有人的意料，就连新郎官叶芝本人也在犹豫不决之中煎熬，他既担忧自己对仍旧恋恋不舍的伊素特是否有所辜负，又焦虑这样用情不专的婚姻会不会构成对纯真新娘的背叛。在重重纠结的心态下，近乎绝望的叶芝甚至自惭形秽地想要逃避："我逃啊，逃开我的爱，因为我的心疯掉了"（《欧文·阿赫恩和他的舞伴们》）。把一场不慎重的婚姻当成恋爱失败后的庇护所，这种沉重的愧疚感已经对叶芝的创作造成了潜在的致命威胁。

所幸的是，乔吉凭着她特有的沉着和机敏挽救了一场眼看就要急剧恶化的局面。她明了丈夫不安的原因，并试图假造一封"乩书"（automatic writing）说，一切由心，叶芝的所为是对的，不必再过多思虑，以此帮助他化解阴影。据称，乔吉作乩书的过程中竟然真的通灵了，于是她在蜜月里不停地书写。而叶芝看到乔吉的乩书之后，对灵媒的神奇能力深信不疑，原先的惴惴不安一扫而空，甚至身体状况也变好了，他终于走出了继茉德·冈尼婚讯以来最凄凉挫败的境地。婚后一周，叶芝告诉挚友格雷戈里夫人："我现在非常幸福，这种幸福感一直保持。"婚后两个月，他继续写道："我的妻子是一个完美的妻子，和蔼，聪慧，无私，……她让我的生活变得宁谧并富有秩序。"[1]

按"黄金黎明秘教会"的概念，乔吉已经成为能够沟通多种玄奥控制力的灵媒师。叶芝将相当大的精力和妻子一起投入到通灵乩书的神秘事业之中，仅结婚头四年，夫妇两人就进行了450多次半催眠扶乩，做出了3627篇"值得保留"的乩书，这些丰富而庞杂的材料最终给叶芝带来了一部神秘主义著作《灵图》

---

[1]《威廉·巴特勒·叶芝研究指南》，p581。

(*A Vision*, 1925, 1937)。不管这部玄而又玄抑或荒诞不经的著作在科学上、哲学上、宗教上究竟有多大价值,《灵图》一书是叶芝夫妇的合作结晶,它标志着两个男女在知识生涯上频密而充实的深度交汇,而这是叶芝与其他任何红颜根本不具备的。

那宁谧而有序的家庭生活也推动着叶芝的文学创作走上巅峰。他的贤内助乔吉不仅行使着缪斯和灵媒的重任,还充当了他的秘书、经纪人、护士和女仆,更为他带来了一对儿女。但是,若说茉德·冈尼如神话形象和理想象征一般弥漫在叶芝的大多数作品中,那么他在诗中写到妻子乔吉则相对非常有限,而且也不是作为中心人物出现,比伊素特所占的分量都要小得多。这也许是因为他把他对妻子的爱意投入到《灵图》之中了,那才是他们之间最洪亮的共鸣。

壮烈地失去,又壮烈寻回

岁月如刀,在十年锡婚之后,叶芝和乔吉的生活渐渐感到紧绷和乏味,更多地变成了按部就班的合作和照顾,夫妻之间的情爱关系愈加淡漠。1935年,叶芝向伊素特抱怨:"一切都糟透了,乔吉更像一个老妈,而不是一名妻子。"所以,也许这是一个理由,尽管相互尊重和深厚的感情还牢牢维护着家庭完整,但这位心思飞逸的最后一个浪漫派在迟暮之年仍是走上了"犯罪道路"。

1934年4月,叶芝在伦敦一家医院接受了"斯坦纳赫手术",即单侧输精管结扎,当时盛传这种手术具有强精固本、再造雄风、返老回春之妙效,而叶芝历来是对各种天方奇谭般的灵异科学深信不疑的,他感到自己获得了人生的"第二春"。甚至,那家神奇的医院在术后半年的回访中还向这位尊贵的客户介绍了一个迷人的女朋友,以检验回春之效。就这样,一位自觉宝刀未老的著名诗人重出江湖了,他不仅诗兴大发,更是先后与多名文学女青年发展了亲密关系。叶芝在他生命的最后5年拥有的红颜包括:玛戈·拉多克(Margot Ruddock,1907-1951)、艾瑟儿·曼宁

(Ethel Mannin，1900—1984）、多萝西·韦尔斯利（Dorothy Wellesley，1889—1956）、伊迪丝·希尔德（Edith Shackleton Heald，1885—1976）等。

叶芝的几段晚年情事，最动人心魄的是他与玛戈·拉多克那一段短暂而又震撼的经历。27岁的少妇玛戈是一名女演员和狂热的诗歌爱好者，一心想在伦敦建一座诗人剧场，于是她怀着仰慕之心给叶芝写信请求指导。老诗人迅速堕入情网，并租下一套公寓作为幽会之所。玛戈的年轻貌美和暴风雨般的活力让叶芝颤栗不已，但另一方面他又对自己的性能力仍是疑虑重重，有时会陷入一种"极度黑暗的阴郁"。当然，叶芝从来不忘记他的本业，他指导修缮玛戈的诗作，力推她在戏剧中主演女王一角，在他主编的《牛津现代诗选》（1936）中收入玛戈作品达7首之多，更是饱含情愫地为玛戈的第一部诗集《柠檬树》（1937）作了序，并在重要刊物上发文推介。

叶芝在给玛戈的序言中说，他第一次见到玛戈便预感到她是一个"失意的悲剧性的天才"，她的身上有着"某些坚实、密闭、紧固的东西，但如果通过成就来予以化解，她便有可能成为一名伟大的演员，因为她所拥有的一种品质在舞台上极为罕见。或者说，即便有人具备，也会弃之于无用武之地——这就是知性的激情"。而玛戈的诗作也是这样，"激情洋溢，充满发散性的即兴之笔,有力地挑战着那种弥漫于现代戏剧场的对文学艺术的愚昧无知"。[1]

然而,玛戈身上那种未曾化解的"坚实、密闭、紧固"之物却是她头脑中的悲剧性的精神疾患。1936年春,玛戈的精神状况几近崩溃,她企图自杀,但是最后又强打精神来挽救自己,只要能成为一个好诗人,她便有了继续活下去的动力。她相信只有叶芝才有资格评断她的诗,但叶芝的标准素来是苛刻的,即便对小情人也是如此。他在信中告诉玛戈:"我不喜欢你最近写的诗。你不是用你的技艺来写的……你走了轻松的捷径,抛弃韵律,要么就是选用了最陈词滥调的韵律,因为——该死的——你太懒了。"玛戈回信抱怨道:"你知不知道你已经让诗歌成了我的慰藉和我的喜悦,我最恨那种没完没了的什么精雕细琢!……我讨厌诗歌,我讨厌使劲去作出一首诗来,遵循既定的语法和辞藻(我对这些也不大懂),诗歌不应该是做出来的。在办公室里面才要擦地板、擦汗,诗歌是不需要擦汗的,那是精神的汗水!若是把它当成了身体的汗水,那就是把它贬斥得跟其他一切凡俗东西没什么两样了。"

当时,叶芝在西班牙的马霍卡岛疗养,5月12

---

[1] 《威廉·巴特勒·叶芝研究指南》,p535。

日，玛戈带着她新整理的诗稿找到了叶芝寓居的海滨别墅。叶芝对她的到来感到很意外，玛戈告诉他："如果我不能写出一首活得下来的诗，那我就只有死了。"在这种特殊的情境下，叶芝却丝毫不肯放松自己的标准，他一边翻看玛戈的诗稿一边说着他的老一套："你必须精雕细琢，直到完美为止。"玛戈抢白道："那我怎样才能写得完美啊？我现在就想去死，一点活着的念头都没有。"

玛戈的心里当时一阵乱念，她想，如果能有一些好诗代替她活着，留存世间，那她本人死去又何妨？叶芝还在继续读诗，而她已经悄悄地走出屋外，来到雨中的海滩。她站在礁石上，但却不能够赴海就死，因为她在这磅礴中看到生命里还有很多爱恋不舍的东西。我还不能死，这样想着，这位卓有天资的女子便在那海沫和雨雾中舞蹈。这一幕天地之舞是怎样的场景啊，被叶芝看在了心里。

但次日，玛戈偷偷向叶芝的邻居借了些路费还有一双鞋，搭船去巴塞罗那找朋友。在巴塞罗那，她迷失于街头，朋友只好把她锁在屋里，她却从楼上的窗户跳出，摔伤了膝盖，送医，逃医，她又孤零零地躲进一艘货轮，想逃回马霍卡找叶芝……最终，叶芝夫妇闻讯后急忙赶往巴塞罗那，出资将她接回伦敦并接受治疗；次年，玛戈被送入精神病院长期疗养。后来,叶芝一直怀疑自己从前对玛戈的严厉教导是不是太过吹毛求疵,"是否我的话语强加了太多压力,使得那一位女子头脑昏乱?"

玛戈的遭遇,以及她在马霍卡海滩的生命之舞,唤起了叶芝对"舞者"的无穷牵念:既有眼前的薄命红颜,还有当年伊素特在诺曼底之滨风中的青春翩跹,还有乔吉的殷勤长袖,还有那永生仙岛传说中的缥缈裙裾。那种真正悲剧性的戛然而止,给玛戈的形象画上宿命的记号。在《美妙的舞者》和《一个疯姑娘》两首诗中,叶芝深情地为玛戈留下了最美丽的身影。

是它们令缪斯歌唱

当自己垂垂老矣,叶芝回忆起第一次向茉德求婚(1891)被拒之后,两人在都柏林附近的霍斯海滨携手同游的情景。

……茉德·冈尼在霍斯火车站等车,

雅典娜女神在她那挺直的腰背和傲慢的头脑里:

整个奥林匹斯的诸神;一件不再被人所知的事物。

——《优美崇高的事物》(1938)

一个正在等车的女神,在叶芝的心中,茉德永远如古希腊雕塑一般,完美得让人不可企及,从第一印象到最后印象都是如此。她是所有优美而崇高的事物中的最高者,拥有创造和毁灭的权柄,她说:"世界会因为我没有嫁给你而心怀感激。"一方面,叶芝固然美化、神化了茉德;但另一方面,茉德也塑造了伟大的诗人叶芝。

诚如柏拉图所言:"缪斯如同一块磁石,先是她自身以灵感激发人,然后那些获得了灵感的人又将它传递给其他人,形成一条长链。凡是高明的诗人,无论写史诗或抒情诗,都不是单凭艺术技巧来构成他们的优美诗篇,而是因为他们为灵感所激发,被缪斯附体了。"

在他们相识的整整50年里,茉德不断鼓舞、激惹、折磨、奖赏着叶芝的诗心。茉德的形象在叶芝的诗歌中简直无处不在、不胜枚举,他爱她又怨她,为她骄傲又为她痛惜。她不仅是她,还是纯洁的苹果花、神秘的玫瑰、倾国倾城的海伦、海浪中出生的阿芙洛狄忒、智慧和胜利的雅典娜,她可以是一切。"茉德触发的激情——我们作为读者所体验到的更主要是创作动力而非情欲需要——促使叶芝将她塑造为一个绽放着诗性光辉的形象,一个都柏林的贝雅特丽齐[1],一个原型,同时又是一个日常的存在。"[2]

为了生产"最杰出作品",叶芝经常也不在乎茉德是否理解他,他们之间甚至未必真正理解过:

> 今天我突然有一个念头,茉德从来没真正理解过我的计划、性格或理想。然后转念一想——那又

---

[1] 但丁的爱人,《神曲》女主角。
[2] 谢默斯·希尼。*W. B. Yeats: Poems Selected by Seamus Heaney.* Faber & Faber, 2004.

怎样呢？我做过并且仍在做的事情，不都是努力向她解释自己很好吗？要是她理解的话，我反而会失去一个写作的理由，这样艰苦的工作能有个理由可是非常难得的。[1]

如果说叶芝建造了一个爱情诗的王国，那么诗中的"茉德"便是受命于天的女王，国境漫漫，因为历史遗留问题，王土之下还有几个自治领。

奥莉维亚和叶芝之间尽管有茉德这一道深刻的裂隙横亘不去，但两个成年人后来还是重建了密切的友谊，彼此都是对方最重要的朋友。也许，他们还重建过浪漫，也许，什么也不曾发生。在一个成熟而又萧瑟的秋夜，两人促膝长谈，灯影下往事如烟。

除了后期的《朋友们》《沉默许久之后》，写奥莉维亚的爱情诗主要见于叶芝诗集《苇中的风》（1899），如《爱者伤悼爱的失去》《他想叫他的爱人平静》《他责备鹬鸟》《他回忆那忘却的美》《诗人致他的所爱》《爱者请求原谅他心绪纷乱》《他听见莎草的凄吟》《他但求他的爱人死去》《他想起他当年身居群星的辉煌》等。

叶芝早期诗中的奥莉维亚形象经常披着一头浓密

---

[1] 《叶芝诗选评注》，p102。

的长发,遮掩着自己或者情人的身体,同时又带着浓浓的肉欲挑逗的意味。而相对来说,叶芝笔下的茉德形象更多写到眼睛、目光,具有某种心理上或精神上的影响。在这些诗中,叶芝往往把他与奥莉维亚的恋情归为短暂的宿命之遇,一面悔恨自己另有所爱而无法全身心地投入,一面又在决绝中恨不能以死去证明此刻最真心。这种鱼和熊掌的踌躇自责,灵之爱和肉之爱的两难取舍,在叶芝的爱情诗中一直萦绕不清。他就是这样的人。

对伊素特和乔吉,叶芝也是一样的纠结至极,这种犹豫辩证法构成了他很多诗歌的基调。《欧文·阿赫恩和他的舞伴们》表现了他对新婚的彷徨,而《一个傻瓜的两首歌》写道:"一只花斑猫和一只乖乖兔,都在我家炉边吃东西。"他和花猫(乔吉)守在家里,又担忧小兔子(伊素特)离了他之后会被猎狗捉了去。看得出来,叶芝在诗中显得更爱伊素特。此外,写伊素特的诗作还有《致一位风中起舞的女孩》《两年后》《人随年纪长进》《生机勃勃的美》《致一位年轻美人》《致一位少女》《麦克·罗巴蒂斯的双重灵视》《罗巴蒂斯和舞者》《兔子之死》《长脚虻》《为什么老人不该发疯》等。

在爱情诗上,叶芝对相伴20年的妻子乔吉是相对亏欠的,主要篇目有:《所罗门和示巴对唱》《土星影下》《一个来自前世的投影》《所罗门和女巫》《巴利里塔铭文》和长诗《哈伦·阿尔拉希德的礼物》，另外，在为儿女所作的诗歌中也有提及他们的母亲。叶芝将她比作中东传说里最有智慧的示巴女王，"诸天之下出生的，男男女女没有一个，与我们两人比拼学问"，因为得到了她，所罗门王（叶芝）在他那情诗王国"机遇终于和选择合而为一"。

叶芝一生不乏花边新闻，他自己也毫不掩饰，而他的聪慧妻子自然也知之甚详，但她更关心的是丈夫的身体健康和精神活跃。有一次，乔吉借着那首已成名作的《当你老了》的调子对丈夫说："当你死了，人们会谈论你的风流韵事，而我将一言不发，因为我只记得你当年是多么的骄傲。"[1]

1948年9月，叶芝的遗体从法国归葬于爱尔兰故乡的布尔本山下。主理这件事务的正好是茉德的儿子肖恩（Seán MacBride，1904－1988），时任爱尔兰外交部部长。肖恩童年的时候，叶芝还跟他在诺曼底的海边放过风筝。

---

1 《叶芝思想》，p59。

参考书目

《叶芝文集·诗全集》*The Poems* (*Vol. 1, The Collected Works of W. B. Yeats*)
W. B. Yeats, Ed. by Richard J. Finneran
New York: Scribner, 1997

《叶芝文集·自传》*Autobiographies.* (*Vol. 3, The Collected Works of W. B. Yeats*)
W. B. Yeats, Ed. by William H, O'Donnell and Douglas N. Archibald
New York: Scribner, 1999

《回忆录》*Memoirs*
W. B. Yeats, Ed. by Denis Donoghue
New York: Macmillan Company, 1973

《冈尼-叶芝书信》*The Gonne-Yeats Letters, 1893 – 1938*
Maud Gonne MacBride, Ed. by Anne MacBride and A. Norman Jeffares
Norton, 1993

《威廉·巴特勒·叶芝研究指南》*Critical Companion to William Butler Yeats*
David A. Ross
New York: Facts on File, 2009

《叶芝诗选评注》*A Commentary on the Collected Poems of W.B. Yeats*
A. Norman Jeffares
Stanford: Stanford University Press, 1968

《见习巫师》*The Apprentice Mage, 1865 – 1914* (*Vol. I , W. B. Yeats: A Life*)
R. F. Foster
Oxford: Oxford University Press, 1998.

《人与诗人》*W. B. Yeats: Man and Poet*
A. Norman Jeffares
New York: Barnes & Noble, 1966

《叶芝年谱》*A W. B. Yeats Chronology*
John S. Kelly
Basingstoke and New York: Palgrave Macmillan, 2003

《叶芝爱情诗中的性别与历史》*Gender and History in Yeats's Love Poetry*
Elizabeth Butler Cullingford
Syracuse, N.Y.: Syracuse University Press, 1996

《缪斯们》*W.B.Yeats and the Muses*
Joseph M. Hasset
Oxford: Oxford University Press, 2010

《叶芝思想》*The Thought of W.B. Yeats*
Brian Arkins
Bern: Peter Lang, 2010

威廉·巴特勒·叶芝

（1865.06.13 — 1939.01.28）

1865年6月13日，叶芝出生于爱尔兰山迪蒙镇，父亲是一位肖像画家，母亲是一位富商的女儿。叶芝的童年大部分时间在母亲的老家斯莱戈度过。

1889年1月30日，叶芝对茉德·冈尼一见钟情。他多次向茉德求婚，却多次被拒，直到1917年才与乔吉结婚。

1923年，叶芝获得诺贝尔文学奖，获奖理由是"用鼓舞人心的诗篇，以高度的艺术形式表达了整个民族的精神风貌"。

1939年1月28日，叶芝在法国去世。1948年，按照诗人遗愿，叶芝遗骸安葬在斯莱戈的一座小教堂的墓园里。不远处，便是让叶芝一生念念不忘的布尔本山。

主要作品集

《路口》《玫瑰》《苇中的风》《七座森林》《绿盔》
《责任》《柯尔的野天鹅》《麦克·罗巴蒂斯和舞者》
《塔楼》《旋梯》《凯尔特的薄暮》

十九世纪末,一个22岁的爱尔兰青年来到伦敦,
在这里,他邂逅了心上人……

当你老了

产品经理 | 曹卓彧　　责任印制 | 路军飞
书籍设计 | 朱镜霖　　出 品 人 | 吴　畏
后期制作 | 白咏明

图书在版编目（CIP）数据

当你老了/（爱尔兰）叶芝著；罗池译. —西安：三秦出版社，2018.6（2018.8重印）
ISBN 978-7-5518-1831-5

Ⅰ.①当… Ⅱ.①叶…②罗… Ⅲ.①诗集－爱尔兰－现代 Ⅳ.①I562.25

中国版本图书馆CIP数据核字(2018)第124651号

责任编辑	何飞燕
特约编辑	曹卓彧
书籍设计	朱镜霖

当你老了
[爱尔兰] 叶芝 著　罗池 译

出版发行	陕西新华出版传媒集团 三秦出版社
社　　址	西安市北大街147号
电　　话	（029）87205121
邮政编码	710003
印　　刷	北京盛通印刷股份有限公司
开　　本	1092 mm×840mm　32开
印　　张	8.5
字　　数	144千字
版　　次	2018年6月第1版
	2018年8月第2次印刷
印　　数	8,001－18,000
标准书号	978-7-5518-1831-5
定　　价	58.00元

版权所有　侵权必究
如发现印装质量问题，影响阅读，请联系021-64386496调换